ICARE

AUX AILES D'OR

À mon père et à mes fils.

Collection dirigée par Marie-Thérèse Davidson

Loi n° 49-956 du 16 juillet 1949 sur les publications destinées à la jeunesse,
modifiée par la loi n° 2011-525 du 17 mai 2011
ISBN : 978-2-09-255327-5

HISTOIRES NOIRES
DE LA MYTHOLOGIE

ICARE

AUX AILES D'OR

Guy JIMENES
Illustrations : Gianni de Conno
Dossier : Marie-Thérèse Davidson

Nathan

*Les * dans le texte renvoient au lexique en fin d'ouvrage.*

PROLOGUE

Aélios gravit chaque jour la colline où se dresse le petit temple* voué à Apollon*. C'est un matin d'été encore empreint de la fraîcheur de la nuit. Les premières lueurs du jour teintent de rose un fin nuage de beau temps que l'aurore va vite dissiper.

Le jeune prêtre aime assister au lever du soleil. À mi-chemin, alors qu'il observe sereinement l'horizon, son attention est attirée par une ombre avançant dans le ciel. Il pense d'abord à un aigle qu'il voit parfois, mais la façon dont cette ombre se déplace n'a rien de commun avec le vol tournoyant de l'oiseau de proie. Sa trajectoire est beaucoup plus directe.

Certain d'être le témoin d'un prodige, le prêtre presse le pas, l'œil rivé au phénomène. L'étrange oiseau – car c'en est un, à n'en plus douter – bat des ailes avec une détermination désespérée, comme au bord de l'épuisement.

La créature précise la direction de son vol pour se rapprocher de lui. Aélios retient un cri tandis que les ailes viennent battre au-dessus de sa tête, à le toucher. Il n'ose pas trop lever les yeux, mais entrevoit le corps d'un homme dont seuls les bras disposent de plumes.

La créature dépasse Aélios. Évitant de justesse de s'écraser sur le toit du temple, elle déploie brusquement les ailes pour freiner sa course et se pose avec douceur sur le parvis. Debout sur ses deux jambes, elle se retourne et fait face au jeune prêtre. Aélios découvre alors un visage aux grands yeux hagards, aux joues et au menton mangés par une barbe grise. L'homme-oiseau esquisse un pas vers lui et s'écroule mollement par terre.

Le prêtre d'Apollon, frappé de stupeur, se demande s'il ne ferait pas mieux de s'enfuir. Mais la curiosité l'emporte. Il s'approche de la créature, se penche sur elle. Les yeux sont clos. Est-elle morte ? Sans doute pas. Une divinité, sûrement, a pris cette forme et il sait bien que les dieux sont immortels… Aélios ose se rapprocher encore et avancer sa main jusqu'au visage, en quête d'un souffle. Sans le vouloir, il touche les lèvres de l'homme-oiseau. Celui-ci ouvre les yeux et, dans un froissement de plumes, saisit le prêtre à la gorge.

– Aide-moi, tu m'entends ? Cache-moi. Personne ne doit savoir comment je suis arrivé ici.

Aélios acquiesce autant que le lui permet ce poing qui l'étrangle. L'homme-oiseau relâche sa pression, épuisé par l'effort qu'il vient de fournir. Aélios songe, alors, qu'il pourrait à son tour serrer le cou de la créature et la faire mourir.

– Détache-moi, lui ordonne le visiteur.

– Te détacher ?

Aélios finit par comprendre : les ailes ne font pas partie du corps, elles n'y sont qu'ingénieusement assujetties. Le prêtre défait une à une, avec infiniment de précautions, les attaches de cuir et de ficelle qui maintiennent l'assemblage de plumes aux épaules et aux bras, révélant des sillons sanglants et purulents. Tandis qu'il opère, le visiteur crispe ses mâchoires et retient des cris de douleur.

Bientôt, Aélios a devant lui un homme nu, amaigri, aux blessures multiples causées par le frottement des lanières et les meurtrissures des plumes qui furent blanches mais se sont grisées de poussière et de salissures. Dévoré de curiosité, il l'interroge :

– Depuis quand voyages-tu ainsi ?

– Des jours et des nuits.

– D'où viens-tu ?

– Tu poses trop de questions. Dis-moi plutôt où je suis.

– À Camicos[1], répond le prêtre.

Le regard de l'homme s'éclaire soudain.

– Cocalos en est le roi, n'est-ce pas ?

Aélios acquiesce.

– Loué soit Apollon d'avoir favorisé mon vol ! reprend l'étranger dans un soupir.

Devant le temple, Aélios termine de panser les plaies du visiteur venu du ciel, avant de lui donner de l'eau d'une fontaine, un morceau de pain et quelques fruits. Après s'être restauré, l'homme se remet debout à grand-peine. Vacillant, il enfile la tunique que le prêtre lui tend. Il grimace au contact du tissu rêche qui ravive ses blessures et avance de quelques pas dans le soleil, regardant autour de lui pour s'intéresser à l'endroit où il a atterri.

La cité de Camicos s'étend au pied de la colline. L'homme, perdu dans ses pensées, la considère longuement, le regard droit, et le jeune prêtre, fasciné, peut constater combien le mystérieux visiteur récupère vite de sa fatigue.

– Si tu veux, lui propose-t-il, je peux te mener auprès de Cocalos.

1. *En Trinacrie (la Sicile actuelle), près d'Agrigente.*

– Plus tard.

La fermeté de la voix et le regard volontaire indiquent le caractère trempé d'un être courageux et déterminé. Aélios guette le moindre tressaillement de son visage pour tenter de deviner ses pensées.

Auprès de la fontaine, l'étranger procède maintenant à des ablutions* purificatrices. Il ramasse ses ailes et, d'un pas lent, vient les déposer en offrande à l'entrée du temple, dans une prière silencieuse à Apollon. Le prêtre est saisi par son expression de tristesse. Les épreuves endurées n'ont pas seulement été physiques, devine-t-il, mais il n'ose questionner son hôte. Il se contente de ramasser les ailes avec précaution dans l'intention de les placer à l'abri du temple, où lui seul est autorisé à pénétrer.

Une plume alors se détache, différente, particulière, brillant d'un éclat doré. Dans un élan d'une vivacité extraordinaire, comme si sa vie même en dépendait, l'étranger la cueille au vol, juste avant qu'elle n'atteigne le sol. Aélios est stupéfait. Les yeux de l'homme demeurent secs, mais tout son être exprime une détresse infinie.

Le jeune prêtre, encore ému par ce qu'il vient de voir, entre dans le temple pour y déposer l'offrande. Quand il revient, l'étranger tient la plume dorée entre ses doigts et en lisse délicatement les barbules. Indifférent à la présence d'Aélios, il scrute le sol à la recherche d'un bout de lanière, le trouve et s'en confectionne un collier, auquel il attache la plume en pendentif. Après en avoir réglé la longueur, il passe le collier autour de son cou et l'enfouit sous sa tunique à hauteur du cœur.

– Mais qui es-tu donc ? demande Aélios, n'y tenant plus. Et quel chagrin te dévaste ainsi ?

– Je donne, paraît-il, vie aux statues, lui répond l'étranger dans un sourire amer, mais je n'ai pas réussi à préserver celle de mon fils.

Donner vie aux statues ? Un homme, un seul, jouit d'une telle réputation.

– Tu es Dédale de Cnossos ?

– D'Athènes ! corrige vivement l'étranger. Je n'ai pas de pire ennemi, aujourd'hui, que ce serpent de Minos*. Par la grâce d'Apollon, je le tuerai de mes propres mains !

Il s'interrompt, fatigué d'avoir trop parlé, avant d'ajouter :

– Il est temps, maintenant. Conduis-moi à ton roi.

CHAPITRE 1

LE TAUREAU D'ÉCUME

– Regardez ! cria Androgée.

Le jeune fils de Minos pointait son index, face à la mer. Ariane et Phèdre s'appliquaient à aligner des coquillages sur le sable, indifférentes à l'appel de leur frère.

– Toi, au moins, Icare, regarde avec moi !

Le fils de Dédale ne voulut pas détourner la tête. Androgée l'agaçait à le commander ainsi, et il préférait continuer de jouer avec un oursin mort, que le ressac avait rejeté. Il se gardait de prendre l'animal dans ses mains, sachant combien ses piqûres étaient cuisantes. Elles laissaient sous la peau une multitude de petites pointes noires.

– Regardez, mais regardez donc !

L'insistance d'Androgée eut raison de l'indifférence des trois autres enfants. Les deux filles levèrent enfin la tête et Icare se tourna vers la mer. Il ne remarqua rien d'anormal. Les flots étaient calmes sous le ciel d'hiver d'un bleu légèrement pâle.

– Il a raison ! lança Ariane. Quelque chose, là-bas…

Près de la ligne d'horizon, une tache était apparue et grandissait – dans la mer ou dans le ciel, on ne savait pas encore le dire.

– Un navire ? questionna Phèdre.

– Un navire d'Athènes ! s'enthousiasma Androgée. Qu'il s'approche s'il ose, et il verra comment mon père l'accueillera !

Icare et les deux filles de Minos frémirent et se tournèrent vers Naucraté. La servante semblait préoccupée.

– Ce n'est pas un navire, dit-elle.

– Alors quoi ? demanda Icare.

Naucraté risqua une explication :

– Un nuage qui grandit, sans doute annonciateur d'une tempête. Nous ferions mieux de rentrer.

– Stupide servante ! s'indigna Androgée du haut de ses sept ans. Tu vois bien que c'est une vague qui se forme.

Il avait raison. Cependant Icare se garda de l'approuver. Naucraté était sa mère et il se sentait insulté, à travers elle, quand Androgée la traitait ainsi.

La tache se rapprochait rapidement. Elle ressemblait à un de ces moutons qui se forment avec la houle. La servante rassembla les enfants et les éloigna du rivage. Mais elle ne pouvait se résoudre à quitter la plage, captivée, comme eux, par l'étrangeté du phénomène.

Parvenue non loin du bord, la frange d'écume diminua jusqu'à disparaître dans un remous. Les quatre enfants et la servante en furent à la fois soulagés et déçus. La mer, alors, se gonfla de nouveau, sculptant cette fois une forme blanche dotée d'une tête au cou puissant.

Icare fut le premier à prononcer le mot :

– Un taureau !

Surmontant le front de la bête, une touffe de poils lui faisait comme une houppe, rappelant la frange d'écume qui avait présidé à son apparition.

Le poil ruisselant, le taureau d'un blanc immaculé sortit lentement de l'eau, comme si rien n'était plus naturel. Il passa majestueusement, sans un regard, auprès des enfants retenus à distance respectable par Naucraté. Il était impressionnant de puissance et d'orgueil.

– C'est moi qui l'ai vu le premier ! lança Androgée, brisant le silence.

– Le taureau prend le chemin du palais, nota Ariane.

En effet, l'animal gravissait pas à pas le sentier qu'ils avaient emprunté pour descendre.

– Faux, dit Androgée. À mon avis, il se rendra dans la prairie dès qu'il le pourra. Je suis sûr qu'il a faim. Cela fait des jours et des nuits qu'il n'a que des algues à brouter au fond de l'eau.

Le fils de Minos inventait déjà la légende du taureau d'écume. Icare haussa les épaules.

– Il est apparu à l'instant. Comment aurait-il pu « brouter » ?

– Nous demanderons l'explication à mon père, décida Androgée, et tu verras qu'il dira comme moi.

– Je demanderai au mien, répliqua Icare, et nous verrons bien.

– Ton père n'est que sculpteur, quand le mien est roi.

Il avait déjà dit, un jour : « Ta mère n'est que servante, quand la mienne est reine. »

– Dédale n'est pas seulement sculpteur, il est aussi architecte et constructeur et aussi… et aussi…

Icare s'interrompit, faute de trouver le mot qu'il cherchait.

– Cessez de vous disputer, leur demanda Ariane, devançant ce qu'allait dire Naucraté.

À présent, la petite troupe suivait à bonne distance le somptueux taureau blanc jailli de la mer. Ils arrivèrent en vue du palais vers lequel la bête se dirigeait, semblant donner raison à Ariane. Mais l'animal s'arrêta au bord de la prairie et se mit à brouter.

– Qu'est-ce que je vous avais dit ?

Androgée, triomphant, suggéra à son ami de courir avec lui pour qu'ils soient les premiers à annoncer la nouvelle à Minos. Icare accepta, heureux de cette proposition.

Ce soir-là, dans l'habitation qu'occupait Dédale non loin du palais, Icare écouta avec passion les explications que lui fournit son père :

– Cet animal ne peut être qu'un cadeau de Poséidon*. Minos promet depuis trop longtemps, dans ses prières, de lui sacrifier* le plus beau de ses taureaux. Par cette apparition surgie des flots, le dieu des mers le provoque. Minos sait maintenant ce qu'il lui reste à faire...

Dédale marqua un silence et ajouta, mi-amusé mi-inquiet :

– Le problème est qu'il trouve le taureau si beau qu'il parle de l'épargner ! Il pense à la belle lignée de bêtes que ce mâle splendide pourra engendrer... Mais gare à la vengeance de Poséidon, si Minos ne procède pas au sacrifice !

Une fois dans son lit, Icare s'endormit difficilement et rêva de tempête et de raz de marée.

La lumière matinale, réconfortante, dissipa les cauchemars de la nuit. Après s'être restauré, le fils se rendit dans l'atelier du père. Il trouva Dédale en grande conversation avec Pasiphaé. La reine tourna son visage vers l'enfant, qui la trouva très belle – plus belle encore que Naucraté, pensa-t-il avec un peu de dépit. Androgée avait de la chance d'avoir une mère aussi élégante, dont les bracelets et les colliers d'or étincelaient ! La chevelure noire de Pasiphaé dégageait cependant une odeur trop poivrée et Icare retenait toujours sa respiration quand elle le soulevait pour l'embrasser.

– Androgée t'attend déjà, lui dit-elle. Cours le retrouver.

Le temps de rassembler l'épée de bois et la ceinture que son père lui avait confectionnées, Icare entendit la reine commenter :

– Nos garçons grandissent ensemble comme des frères.

Puis, changeant de ton, elle implora Dédale :

– Par Zeus* ! Guide-moi et favorise mon projet, sans que Minos n'en sache rien.

Icare ne comprit pas de quel projet il était question mais, les jours suivants, Dédale s'activa intensément, interdisant à son fils de jeter le moindre regard à son travail. Pourtant, quand il eut fini, il ne résista pas au plaisir de prendre l'enfant à témoin. Il l'amena auprès de sa construction, cachée sous un tissu blanc, et se rengorgea :

– Je donne vie aux statues, paraît-il. Eh bien, je crois que je n'ai jamais autant mérité ce compliment qu'aujourd'hui.

D'un geste ample, il fit tomber l'étoffe de lin,

dévoilant son œuvre. Icare eut un mouvement de recul. Une vache ! Son père avait amené dans l'atelier une gigantesque vache au regard terrifiant.

– On peut bouger les yeux de l'intérieur, expliqua Dédale.

L'enfant comprit qu'il ne s'agissait que d'une statue, mais pensa qu'il mourrait de frayeur si les yeux de la vache se mettaient à tourner. Il se réfugia dans un coin.

– Allons, le rassura Dédale. Cesse de trembler et approche. Regarde bien ces cornes ! Elles sont en bois. Et le mufle ! Je l'ai modelé dans de la glaise et teint avec de la suie.

De ses doigts prudents, Icare caressa la fausse vache.

– Tu vois qu'elle n'a rien de vivant, lui dit Dédale. Elle est creuse, et on peut même s'y cacher. Elle est belle, non ? La peau qui la recouvre, je l'avais achetée une petite fortune sans me douter qu'elle me servirait un jour.

Les questions se bousculaient dans la tête de l'enfant. Il allait les formuler quand son père se pencha vers lui et lui posa les mains sur les épaules.

– Pas un mot à quiconque de ce que tu viens de voir !

L'enfant sentit que, derrière cette recommandation, pesait une lourde menace.

– Tu mettrais ma vie en danger, et la tienne aussi, probablement, explicita Dédale.

Icare garda précieusement le secret. Et quand

Androgée l'agaçait à vanter les exploits de Minos, il pensait : « Si tu savais de quoi mon père est capable… » Un inventeur ! C'était le mot qui lui avait manqué, sur la plage, pour répliquer à son ami. Dédale était un inventeur génial, et cela valait mieux que roi. Du coup, Icare se contentait désormais de sourire aux provocations d'Androgée.

Naucraté constata ce changement dans le comportement de son fils. Elle le questionna à ce propos et il fut au bord de lui révéler le secret que Dédale lui avait confié :

– À toi, je peux bien le dire…

Elle s'empressa de lui poser les doigts sur les lèvres.

– Un secret est un secret. Conserve-le aussi longtemps que ton père ne t'en aura pas délivré. La confiance qu'il a placée en toi te rend plus fort, je le vois bien. Ne la trahis pas. Dédale te mépriserait et tu te mépriserais toi-même.

CHAPITRE 2
LA MALÉDICTION

Pasiphaé se trouva enceinte et bientôt son accouchement fut imminent. Icare et les enfants du roi attendaient l'heureux événement, assis sur un banc de pierre, dans la cour du palais. Naucraté leur avait demandé de rester là, le temps qu'elle aille aux nouvelles. Elle aurait dû, déjà, être de retour et les guider jusqu'au nouveau-né. Androgée n'en pouvait plus d'attendre. Comme à son habitude, il prit la direction du groupe.

– Suivez-moi !

Sur le chemin, ils croisèrent une servante en larmes qui leur parla d'un grand malheur, sans préciser lequel. Bien que très jeunes, les enfants connaissaient les risques de la vie. Ils se demandèrent si Pasiphaé n'avait pas mis au monde un enfant mort-né. Ou peut-être était-elle morte en accouchant… Sans échanger un mot, ils hâtèrent le pas.

Dans ce couloir où auraient dû résonner des cris de liesse, le silence imprégnait l'air comme une épaisse fumée. Naucraté sortit de la chambre de la reine, le visage grimaçant, un poing plaqué sur ses lèvres pour s'empêcher de sangloter. Elle avisa les enfants et tâcha de reprendre contenance.

– N'y allez pas ! leur souffla-t-elle.

Mais elle n'eut pas la force de les retenir. Malgré son interdiction, Androgée et Icare franchirent le seuil les premiers. Pasiphaé était étendue sur sa couche ensanglantée, le dos appuyé contre d'épais coussins. Sa belle chevelure noire était défaite et quelques-unes de ses mèches traçaient sur le tissu blanc comme des entailles de poignard. Un étrange sourire aux lèvres, elle gardait les yeux fixes, tout en murmurant des paroles incohérentes.

– Mère ! cria Androgée en se précipitant vers elle.

Icare ne le suivit pas. Il considéra avec attention les servantes présentes. Certaines tenaient encore des linges souillés et des cuvettes d'eau. Il remarqua que leurs regards à toutes convergeaient vers un point précis de la pièce, celui-là même que la reine fixait avec des yeux de folle.

Il se tourna à son tour de ce côté. Un panier de joncs tressés était posé à même le sol. Deux petits bras blancs en dépassaient, au bout desquels s'agitaient deux minuscules poings fermés. Le bébé était vivant. Alors pourquoi ce silence, pourquoi cette tristesse accablante ? Icare et Ariane se prirent par la main et avancèrent tous les deux. Phèdre demeura en retrait.

Curieusement, à l'instant où il découvrit l'enfant, Icare n'éprouva ni peur ni dégoût, seulement une grande perplexité, comme neuf mois plus tôt quand le taureau blanc était sorti des flots. Justement, le bébé du panier, avec ses bras et ses jambes potelés, était du même blanc d'écume.

Icare observa les yeux qu'on devinait globuleux sous les paupières closes, les petites oreilles dressées, les naseaux dilatés au rythme de la respiration régulière… La petite tête taurine, où affleuraient déjà deux cornes, était parfaitement proportionnée. Un large cou l'unissait à un corps tout à fait humain.

Le fils de Dédale regarda furtivement Ariane. Elle semblait partager son état d'esprit et se borna à une constatation :

– C'est un garçon.

– Il dort, ajouta Icare.

Minos était absent de Cnossos le jour où naquit son fils à tête de taureau. Le voile de silence qui enveloppait le palais se déchira à son retour. Le roi de Crète exprima un chagrin et une colère incommensurables, passant en un instant du rire aigre aux sanglots rageurs. Les couloirs résonnaient de ses imprécations. Il maudit Poséidon pour l'avoir puni et, ne craignant pas d'irriter davantage le dieu des mers, il le provoqua : il ne sacrifierait jamais le taureau blanc, et punirait de mort quiconque s'en prendrait à cet animal.

Ses proches, le voyant s'obstiner ainsi, vécurent dans l'angoisse d'une tempête, que Poséidon, piqué au vif, n'allait pas manquer de provoquer pour reprendre son présent.

– Enfants que vous êtes ! se moqua Minos. Les dieux, comme les hommes, rivalisent entre eux et s'affrontent. Si Poséidon me hait, d'autres divinités me sont favorables.

Le temps passant, la colère de Minos changea de nature. Il était accablé d'entendre Astérion – c'était ainsi qu'il avait prénommé son fils – vagir comme un veau quand il avait faim. De plus, l'enfant prenait rapidement du poids et de la vigueur, au point de devenir dangereux pour son frère et ses sœurs. Aussi Minos décida-t-il de l'enfermer dans une geôle du palais, enchaîné au mur comme une bête sauvage.

– Je ferai ma puissance de cet enfant maudit ! annonça-t-il. Le jour est proche où quiconque s'en prendra à moi devra en passer par Astérion.

Il misait sur la puissance surhumaine que cet être monstrueux n'allait pas manquer de développer en devenant adulte.

L'enfance d'Icare s'était, jusque-là, passée dans la compagnie de sa mère et des enfants de Minos, durant la journée ; et auprès de son père, le soir et la nuit. La naissance d'Astérion bouleversa profondément ce rythme de vie. Naucraté fit part à son fils de la décision soudaine de Pasiphaé :

– La reine ne veut plus que tu viennes jouer avec ses enfants. Elle ne m'en a pas donné la raison, mais je peux la deviner : tu as vu Astérion dans son panier, et cela lui est insupportable.

– Mais tu l'as vu toi aussi ! s'écria-t-il. Alors pourquoi te garde-t-elle à son service ?

– C'est fini, Icare. D'autres tâches m'ont été confiées. Je travaille dans les cuisines, maintenant. L'ambiance a changé au palais. Astérion est d'une sauvagerie terrible. Il engloutit des quantités de viande crue et effraie tous ceux qui l'approchent par ses beuglements. On craint qu'il ne brise un jour ses chaînes. Seul Androgée réussit à le calmer.

Icare éprouva une grande tristesse à l'idée de ne plus pouvoir jouer au palais. Androgée, particulièrement, lui manqua, malgré ses airs supérieurs. Une profonde amitié les liait tous les deux.

La nouvelle fonction de Naucraté devint très prenante et eut pour effet de rapprocher Icare de son père. Celui-ci expliquait ainsi la réaction de Pasiphaé :

– La honte l'accable et elle ne veut aucun rappel de son malheur. Si elle le pouvait, elle crèverait les yeux de tous les témoins.

Il eut un rire bref.

– Il y a peut-être une autre explication, ajouta-t-il. Ne plus vous voir, Naucraté et toi, lui évite de penser à moi…

Icare se souvint que, le lendemain de l'arrivée du taureau d'écume, la reine avait rendu visite à Dédale pour lui demander un service. Il pensa à la vache creuse que son père avait alors réalisée.

– Le moment est venu que je te donne une explication, si tu n'as pas encore compris la chose par toi-même, lui dit Dédale. Les dieux ont provoqué la folie de Pasiphaé, la faisant tomber amoureuse du taureau de Poséidon auquel elle a souhaité s'accoupler. Voilà pourquoi j'ai construit pour elle cette vache que tu avais vue – et que j'ai détruite depuis.

Les années passèrent. Grandissant auprès de son père, Icare l'assistait dans son travail. Le jeune garçon apprenait beaucoup. Le premier, Dédale avait conçu des statues où les bras, enfin détachés du corps, donnaient l'illusion du mouvement. Le premier, aussi, il les avait dotées d'un regard. Dans le secret de son atelier, Icare s'instruisait de ses techniques et de ses inspirations. « Un jour, pensait-il, je sculpterai moi aussi des formes humaines ou animales. » Il s'y exerçait déjà, au moyen de modelages.

Un soir, il osa exhiber une de ses réalisations, celle qu'il jugeait la plus aboutie. Son père leva un sourcil interrogatif en s'emparant du morceau d'argile.

– C'est un de ces grands oiseaux blancs de la falaise, jugea bon de préciser Icare.

– J'avais compris. Mais je ne donnerais pas cher de lui s'il s'élançait de son nid.

Icare aurait aimé que son père précise son jugement et l'aide à améliorer sa sculpture, mais Dédale était trop occupé aux travaux que lui confiait Minos et à ceux qu'il accomplissait pour lui-même.

À quelque temps de là, Androgée rendit visite à Icare. Le jeune prince et le fils du sculpteur se rencontraient parfois lors de fêtes ou se croisaient par hasard aux abords du palais, mais c'était la première fois, depuis deux ans, que le fils de Minos adressait la parole à son ami.

Ils tombèrent dans les bras l'un de l'autre, profondément émus.

Icare était impressionné par la belle prestance d'Androgée. Celui-ci avait grandi et pris des muscles.

L'épée qu'il exhibait à sa ceinture n'était plus de bois, mais ciselée dans un acier noble. Le plastron de cuir qui lui protégeait la poitrine était décoré de la double hache, emblème de Cnossos.

– T'es-tu habillé en guerrier spécialement pour venir m'affronter ? demanda Icare.

– Non, répondit Androgée, heureux de se confronter de nouveau à l'ironie bienveillante de son ami. En réalité, c'est à Dédale que je veux parler. Je vais participer, à Athènes, aux jeux* organisés en l'honneur d'Athéna*. Je viens, comme toi, d'avoir dix ans et mon père m'y a inscrit dans la catégorie des moins de quinze ans. Je contribuerai ainsi à défendre l'honneur de la Crète, avec nos champions.

Icare éprouva de la fierté pour Androgée.

– Que les dieux te protègent et t'apportent la victoire ! Mais Dédale est absent. Que voulais-tu lui demander ?

La réponse, que son ami lança en riant, fit à Icare l'effet d'un coup sur la tête :

– Je me renseigne avant de me rendre là-bas, et qui mieux qu'un chien d'Athénien pourrait me conseiller ?

– Que veux-tu dire ?

– Comment ? s'étonna Androgée. Ton père ne t'a rien confié de ses origines ?

Icare serra les poings et s'avança, menaçant, prêt à en découdre.

– Je t'interdis de lui manquer de respect !

– Allons, s'excusa Androgée, j'ai dit « chien » par habitude. Tu sais bien que ma langue roule toujours plus vite que mes pensées. Quand Dédale sera de retour, demande-lui de venir me trouver au palais.

Il tendit la main à Icare qui hésita à la saisir.

– Ton père n'a plus rien d'un Athénien, reprit-il, il est des nôtres. D'ailleurs il a été chassé de là-bas... Allons, je pars dans trois jours ! Ta main, ami, pour me porter chance.

Icare la lui tendit, machinalement.

– Qu'a fait mon père pour être condamné ainsi ? demanda-t-il.

– On dit qu'il a tué son neveu, par jalousie. Mais quelle importance ? N'oublie pas : qu'il vienne vite me trouver !

Et il tourna les talons.

CHAPITRE 3
LE LABYRINTHE

Sans attendre le retour de son père, Icare se rendit auprès de Naucraté pour la questionner sur le passé de Dédale.

– Oui, c'est vrai, lui répondit-elle, ton père est un proscrit d'Athènes. Minos a accepté de le recueillir et de l'employer à son service. C'est d'ailleurs ainsi que nous nous sommes connus, et puis tu es né.

Icare ne broncha pas, attendant la suite.

– La Crète l'a adopté et il a fait d'elle sa patrie. Tu n'imagines pas ce que la ville de Cnossos doit à ses nombreux talents.

Tout cela était vrai, certes, et Icare ne pouvait qu'approuver, mais Androgée avait parlé d'un neveu assassiné… Il le dit à Naucraté, qui se raidit et le mit en garde :

– Ne juge pas trop hâtivement et méfie-toi de la rumeur ! Seul Dédale connaît la vérité. Tu es si jeune encore. De plus, ton père n'aime pas qu'on évoque son passé.

Une dizaine de jours après le départ des athlètes crétois aux jeux d'Athènes, une tragique nouvelle parvint à Cnossos. Androgée s'était tué accidentellement au cours d'une épreuve.

Quand il apprit son décès, Icare pensa à la poignée de main molle qu'il avait si petitement accordée à son ami. Androgée avait insisté pour recevoir son salut afin qu'il lui porte chance, et voilà : il était mort.

Icare réalisa combien il avait aimé ce fils de Minos. Ces deux dernières années, sa camaraderie rude et souvent maladroite lui avait manqué. La naissance d'Astérion les avait empêchés de se fréquenter, puisque Pasiphaé l'avait interdit, mais chacun avait continué à compter pour l'autre. De cela, Icare était certain. Ils avaient éprouvé une vraie joie à se reparler, tous les deux, avant le départ d'Androgée pour Athènes, même si la révélation au sujet de Dédale avait porté une ombre sur leurs retrouvailles.

Maintenant qu'Androgée n'était plus, Icare était

reconnaissant envers son ami de lui avoir ouvert les yeux à propos de son père. De son côté, il n'avait rien dit du secret de la conception d'Astérion, et il ne le regrettait pas : Androgée en aurait ressenti une trop grande souffrance.

Spontanément, les mots jaillirent sur ses lèvres pour chanter la gloire de son ami et la tristesse de l'avoir perdu. Mais il garda ce chant secret, de peur d'indisposer Dédale.

Le soir où fut connue la mort du prince, on entendit un meuglement sinistre monter des cachots du palais. Le monstre, que les Crétois surnommaient le Minotaure[1], clamait sa douleur avec des accents désespérés et vengeurs, qui rappelaient ceux que Minos avait eus lors de sa naissance.

Peu avant la nuit, le roi vint trouver Dédale pour lui tenir ce discours :

– Je ne crois pas à l'accident. Ils ont assassiné Androgée ! Dès l'aube, je lèverai une flotte de vingt navires et nous débarquerons au Pirée pour anéantir ces chiens.

– Tu peux compter sur moi, affirma le sculpteur, le courage ne me fera pas défaut. J'embarquerai avec toi.

– Non, Dédale, il n'en est pas question ! Mes hommes ne le comprendraient pas.

1. *Surnom qui signifie « taureau de [la lignée] de Minos ».*

– C'est vrai, réalisa le père d'Icare, « le proscrit d'Athènes »...

C'était la première fois qu'il évoquait ses origines devant son fils.

– Moi, j'irai ! lança Icare.

Minos lui répondit qu'il n'était encore qu'un enfant, et qu'il les encombrerait davantage qu'il ne les aiderait. Icare se renfrogna, humilié.

– Tu as toute ma confiance, garantit Minos à Dédale, mais je te préfère ici. J'ai une tâche pour toi. Astérion grandit trop vite. Le voilà presque adulte et plus dangereux que jamais. La force qu'il acquiert de jour en jour, augmentée de la peine qu'il éprouve, fait qu'il deviendra bientôt incontrôlable. Androgée était le seul à avoir de l'autorité sur lui.

Minos se tut un instant, pour donner tout leur relief aux mots qui allaient suivre :

– Je veux que tu construises une prison d'où Astérion ne pourra jamais s'évader, avec des barreaux fondus dans le métal le plus solide et des portes épaisses comme des murailles.

– Ton idée est stupide, repartit tranquillement Dédale. Les barreaux, ton fils finirait par les tordre. Quant à des portes, il les fracasserait à coups de poing et de corne. Ce n'est pas ainsi que nous contrôlerons Astérion. J'ai un meilleur dessein.

L'excitation pétillait dans les yeux de l'architecte

à mesure que le projet s'élaborait dans son esprit.

– Nous allons l'enterrer vivant, mais rassure-toi : il ne mourra pas et disposera de beaucoup d'espace. Je lui bâtirai un antre entouré d'un réseau de caves et de galeries tellement compliqué qu'il lui sera impossible d'en sortir : un labyrinthe !

Minos, gagné par l'enthousiasme de Dédale, approuva cette idée.

Le roi de Crète revint dans son île en vainqueur. Il avait écrasé l'armée ennemie et imposé les conditions de la paix : chaque année, en souvenir d'Androgée, Athènes paierait à la Crète un tribut de sept garçons et de sept filles de moins de quinze ans. Les jeunes gens seraient livrés au Minotaure, et condamnés ainsi à une mort certaine. La malédiction ne prendrait fin que le jour où le monstre serait vaincu.

Minos à peine de retour, Dédale lui montra les plans du labyrinthe, qu'il avait tracés pendant son absence. Le roi les regarda à peine.

– Je ne te demande qu'une chose : que tout soit prêt pour l'anniversaire de la mort d'Androgée, quand arriveront d'Athènes les premiers jeunes gens à sacrifier. Astérion, d'ici là, aura encore gagné en puissance et en cruauté, et je compte bien l'affamer quelque temps pour stimuler son appétit !

La construction commença dans les jours qui

suivirent. Surveillés par des contremaîtres, une centaine d'esclaves creusèrent la terre, évacuèrent des pierres, en apportèrent d'autres, suivant les indications précises que Dédale leur donnait. Le découpage du labyrinthe était d'une telle complexité que l'architecte lui-même prétendait en riant ne pas s'y retrouver.

D'innombrables caves étaient reliées chacune à deux ou trois autres par des couloirs réguliers tournant à angle droit et des escaliers comptant tous le même nombre de marches. Le but était de désorienter les condamnés, tout en entretenant chez eux l'illusion de pouvoir trouver la sortie, pour le cas improbable où ils survivraient aux attaques du Minotaure. Et plus les malheureux s'accrocheraient à cet espoir, plus ils seraient leurrés.

Au cœur de l'installation souterraine se trouverait l'antre du monstre. Ce serait la plus vaste des caves, ronde, et la seule disposant d'une ouverture, très haute, au sommet de sa voûte : un puits de lumière, à travers lequel on lui jetterait sa nourriture, en attendant le festin annuel constitué par les jeunes Athéniens.

Le labyrinthe fut achevé un mois avant l'arrivée prévue des adolescents.

Icare se trouvait seul à l'atelier, quand un serviteur surgit en courant :

– Le roi te demande.

Étonné, Icare se rendit à la convocation. Il trouva Minos et Dédale, armés chacun d'une épée passée à la ceinture. Le roi lui tendit, à lui aussi, une arme.

– C'est celle d'Androgée. Nous allons conduire Astérion dans son nouveau domaine, sous bonne escorte.

Icare dissimula sa frayeur autant qu'il le pouvait. L'idée de pénétrer dans le labyrinthe obscur aurait suffi, à elle seule, à lui glacer le sang. S'y ajoutait la perspective d'approcher le monstre dont les cris terrifiants hantaient les nuits de Cnossos.

– Tu lui parleras doucement, dit encore Minos. Tu lui parleras comme l'aurait fait Androgée, et ainsi Astérion se laissera emmener plus facilement. Sois tranquille, nous avons mélangé un narcotique à sa nourriture.

Quand ils pénétrèrent dans le cachot, où régnait une odeur pestilentielle, le Minotaure se redressa de toute sa hauteur, faisant claquer ses chaînes. Surmontant son dégoût, Icare pensa très fort à Androgée pour se donner du courage et il parla au monstre d'une voix douce :

– Ne crains rien, Astérion. Nous allons te conduire dans un endroit plus grand où tu ne seras plus enchaîné.

Comme le Minotaure continuait de tirer sur ses chaînes, Icare s'empressa d'ajouter :

– C'est ce que souhaitait ton frère. J'étais l'ami d'Androgée.

Astérion parut se calmer aux mots « frère » et « ami »,

et le prénom d'Androgée acheva de capter son attention. Icare sentit qu'il devait continuer à parler, aussi se mit-il à commenter l'action des gardes :

– Maintenant, on va te détacher et tu pourras avancer, mais pas trop vite, tu risquerais de trébucher. Nous ne te libérerons de tes entraves qu'une fois dans le labyrinthe.

L'entrée de celui-ci se trouvait derrière les jardins. La lumière du jour aveugla Astérion qui devint nerveux et s'arrêta. Les gardes, Minos et Dédale portèrent la main à la poignée de leur épée. Icare répugna à le faire. Il se rappela une chanson que Naucraté leur chantait quelquefois, à lui et aux enfants du roi. Il la fredonna doucement tout en reprenant sa marche. Le Minotaure poussa un mugissement plaintif et se remit à le suivre, à petits pas contraints par les chaînes et en poussant quelques bâillements, sous l'effet du narcotique qu'il avait absorbé.

Ils pénétrèrent ainsi dans le labyrinthe et Minos se munit d'un flambeau. Tenant dans sa main le plan de sa construction, Dédale s'avança en tête du cortège, au côté de son fils qu'il orientait chaque fois qu'ils croisaient une nouvelle galerie.

Bientôt, le Minotaure releva la tête, les naseaux palpitants.

– Il flaire la nourriture qu'on a jetée dans son antre, expliqua à mi-voix Dédale à Icare. Nous allons le libérer. Il est temps : le narcotique ne fera pas effet longtemps.

Ils marchèrent encore un moment, descendant et gravissant des marches, passant d'une cave à une autre, puis à d'autres encore en tout point semblables. La frayeur se lisait sur les visages des gardes et de Minos, totalement désorientés. Dédale lui-même semblait accablé par l'étrange singularité des lieux.

Ils parvinrent ainsi dans l'antre éclairé faiblement par la lumière du jour.

– Finissons-en, ordonna le roi.

Il fit signe aux gardes. Ceux-ci se baissèrent et défirent les entraves du monstre. Le Minotaure était libre, à présent, d'aller à sa guise. Il se rua sur les quartiers de viande tombés du plafond.

Icare, épuisé, le cœur battant, cessa enfin de fredonner. Cela n'affecta pas le comportement d'Astérion.

– Sauvons-nous d'ici, lança Dédale, l'œil rivé à son plan. Mais par tous les dieux, ne courez pas et suivez-moi, quoi qu'il arrive !

Le retour leur parut durer une éternité. Minos imposait à ses gardes de rester en arrière pour les protéger d'un éventuel retour d'Astérion et l'un d'eux finit par s'égarer. Icare entendit ses appels désespérés qui semblaient tantôt éloignés, tantôt proches.

Ils avaient l'impression de tourner en rond. Quand ils jugeaient préférable d'aller à gauche, Dédale les faisait tourner à droite. Minos, angoissé à l'idée d'être perdu, finit par protester. L'architecte l'incita au calme et à la patience :

– Allons ! Nous y sommes presque.

Lorsque la lumière du jour apparut enfin au bout du dernier couloir, ils se mirent irrésistiblement à courir pour gagner l'extérieur. Minos ordonna à ses gardes de surveiller l'entrée.

– Si cela te rassure… commenta Dédale. Mais c'est inutile.

Sur un signe du roi, Icare rendit l'épée d'Androgée. Un hurlement lugubre leur parvint alors et ils s'élancèrent jusqu'au puits. Au fond du trou, ils ne virent pas Astérion. Le Minotaure, dédaignant les quartiers de viande, avait disparu dans le labyrinthe. Il revint bien vite à la lumière, portant sur son dos le corps désarticulé du garde qu'il jeta devant lui avec un grognement de satisfaction.

– Et moi qui voulais l'affamer pour les Athéniens, murmura Minos.

De retour au palais, le roi exigea que l'architecte lui remette le plan qu'il tenait encore en main et il l'approcha de la flamme d'une torche. Le père d'Icare demeura impassible. Tous regardèrent sans un mot brûler les feuilles de papyrus recouvertes de multiples dessins et d'annotations.

Icare comprit que le Minotaure ne sortirait jamais

vivant de son antre : le labyrinthe le condamnait aussi sûrement qu'il condamnerait bientôt les sept fils et les sept filles venus d'Athènes. La construction conçue par son père n'était ni plus ni moins qu'un tombeau, et la clé en était perdue.

CHAPITRE 4

LE PRINCE D'ATHÈNES

Deux années de suite, la tragédie des jeunes gens d'Athènes se répéta à l'identique. Leur navire accostait et ils en descendaient, pâles et dignes. Passant au milieu de la foule, ils tentaient maladroitement de cacher leur épouvante, sous les sarcasmes et les cris de haine. Les gardes les conduisaient à l'entrée du labyrinthe. On leur garantissait la vie sauve s'ils parvenaient à vaincre le monstre et à ressortir.

Les garçons pénétraient les premiers, seul le plus âgé était muni d'une épée. Les filles suivaient, se tenant par la main. Beaucoup de temps passait alors.

On les imaginait avançant à tâtons, effrayés, désorientés, perdus, puis pourchassés par la créature. Le moment que préféraient les Crétois était celui où le Minotaure les amenait dans son antre, après les avoir encornés ou frappés à mort. On avait le droit de s'avancer vers le puits pour y regarder. Sous la surveillance des gardes, on se délectait, à tour de rôle, de la façon dont le monstre dépeçait ses victimes, ou leur rompait les os pour en sucer la moelle dont il était friand. Un silence respectueux et craintif s'établissait, avant que les spectateurs n'acclament bruyamment Minos, associant Dédale à leur hommage. Entre deux arrivages d'Athéniens, le roi livrait aussi des Crétois condamnés à mort en pâture au Minotaure.

La troisième année de l'anniversaire de la mort d'Androgée, Icare allait sur ses treize ans. Il n'avait jamais voulu assister à l'agonie de ces jeunes gens. Cela le révulsait et il se désolait que le décès de son ami eût pu être à l'origine de pareils massacres.

Au plus profond de lui, il en voulait à son père d'avoir créé le labyrinthe. Quand il entendait Dédale se vanter d'avoir réalisé là une construction jamais conçue avant, et à laquelle son nom resterait éternellement associé, Icare se sentait tiraillé. D'un côté, il aimait et admirait son père, d'un autre, il éprouvait du dégoût pour ce théâtre macabre qu'était le labyrinthe. Certains jours, Dédale lui apparaissait plus monstrueux que le Minotaure. Au moins Astérion n'était-il pas responsable de sa condition.

Chaque fois qu'il entendait Minos faire l'éloge de son architecte, Icare se demandait ce que le roi penserait s'il apprenait comment Dédale avait complaisamment aidé Pasiphaé à le tromper. La duplicité de son père le révoltait. Sans parler de Talos, ce neveu d'Athènes qu'il avait tué en le poussant du haut d'un toit, si la rumeur disait vrai…

Tout cela, ajouté à l'activité fébrile de Dédale, faisait que le fils et le père ne se parlaient presque plus. Icare en souffrait, mais n'osait pas aborder avec lui certains sujets. Quant à Dédale, il ne semblait pas s'apercevoir de l'hostilité grandissante de son fils, et c'était cela que l'adolescent supportait le moins : rien n'avait prise sur cet homme égoïste, pour qui ne comptaient que l'exercice de ses talents et les projets grandioses.

– Pourquoi es-tu mélancolique, toi qui étais si joyeux ? demanda un jour Naucraté à Icare. La vie te sourit, pourtant. Ton père est un grand homme, et te voilà, auprès de lui, témoin d'événements considérables !

– Pas seulement témoin, corrigea-t-il.

– Oui, c'est vrai. Je sais que tu as conduit Astérion dans le labyrinthe. Tu as démontré un grand courage !

– Je ne suis pas sûr que ce soit cela, le courage. Je n'ai fait qu'obéir, je n'avais pas le choix. Le souvenir d'Androgée m'a guidé. J'ai agi comme il l'aurait fait, je crois.

Leur conversation revint sur Dédale.

– Il t'enseigne son art, dit Naucraté, et c'est une grande chance pour toi !

Icare pensa à la façon dont son père avait un jour critiqué son modelage d'oiseau, délivrant un jugement négatif, sans lui apporter le moindre conseil.

– Non, il ne m'enseigne rien. Je ne joue que le rôle d'assistant auprès de lui, pas celui d'élève. Je me sens à son côté comme un arbrisseau dans l'ombre d'un chêne. Je ne vois jamais la lumière.

Naucraté, surprise par tant de gravité, réfléchit et hocha la tête, compréhensive.

– Prends de lui ce que tu peux prendre, lui conseilla-t-elle, et pour le reste, mène ta vie comme tu l'entends.

– C'est exactement ce que je vais faire ! J'ai le projet de m'éloigner de Cnossos. Ainsi, je pourrai méditer sur ces « événements considérables », ajouta-t-il avec dérision. Et composer des chants, révéla-t-il.

– En as-tu fait part à ton père ?

– Non, pas encore. Nous nous parlons si peu. Je le ferai bientôt, avant l'anniversaire de la mort d'Androgée.

Ils ne pouvaient pas savoir qu'ils n'allaient jamais se revoir, et pourtant, au moment de se séparer, la mère et le fils s'étreignirent longuement.

L'arrivée prochaine des victimes promises au Minotaure marquait pour Icare le moment ultime. Il quitterait son père avant la fête macabre. Il n'était pas question de se retrouver une nouvelle fois témoin malgré lui du massacre rituel où s'exprimait la cruauté de Minos.

Mais un fait inattendu vint modifier ses plans. Le navire athénien accosta avec une semaine d'avance. Le propre enfant du roi d'Athènes était l'un des quatorze jeunes gens : Thésée*, fils d'Égée. Icare, curieux de cette arrivée et pressentant des « événements considérables », renonça à partir. Minos ne put faire autrement que de traiter le jeune prince avec les honneurs dus à son rang et le reçut au palais.

Thésée se comporta en hôte accompli, cultivé, joyeux, s'intéressant à tout, faisant preuve d'une extraordinaire maturité. Il gagna ainsi, en quelques jours, la sympathie des Crétois. Habile au maniement de l'épée, il ne manifestait aucune crainte et prétendait même combattre seul le Minotaure. Dans toute la Crète, son défi souleva l'enthousiasme. Beaucoup plaignaient l'inconscience du prince d'Athènes et louaient son courage ; bien des jeunes filles pleuraient.

Le matin précédant le sacrifice, le fils d'Égée s'en vint rendre visite à Dédale. Il rayonnait d'une beauté farouche. Icare le vit s'avancer dans l'atelier au côté d'une jeune fille qui s'exclama, enjouée :

– Tu ne me reconnais pas ?

Elle rejeta son voile, exhibant la chevelure d'ébène qu'elle tenait de sa mère.

– Ariane ! s'écria Icare.

Dédale s'approcha des jeunes gens.

– Voici donc le génial architecte, lui lança Thésée avec ironie.

– Et voici Thésée aux voiles noires[1] ! répliqua du même ton l'architecte. Sais-tu, au moins, que je suis l'inventeur de ces morceaux de tissu qui t'ont évité de ramer jusqu'à nous ?

– Comment l'oublier ? On raconte, chez nous, que tu les as conçues dans l'urgence, pressé de t'enfuir, sans gloire, après ta condamnation…

Icare admira l'insolence du jeune prince. Elle lui rappelait celle d'Androgée.

– Mais j'admets volontiers ton génie, concéda Thésée. Seul un Athénien pouvait imaginer une construction aussi complexe que ton labyrinthe. J'ai hâte de le visiter.

– À ta place, répondit tranquillement Dédale, je ne me montrerais pas si pressé.

Icare s'étonna : son père ne semblait pas offensé ni même surpris par les manières de Thésée. Au contraire, une sorte d'approbation se lisait dans son regard.

Ariane faisait les yeux doux au jeune prince. Elle

1. *Voir* Égée *dans le lexique.*

ne doutait pas un instant que Thésée sortirait vainqueur de son combat contre le Minotaure.

– Mais comment se sauvera-t-il du labyrinthe ? demanda-t-elle. Mon père en a détruit le plan !

Dédale la rassura :

– J'ai longuement réfléchi à cette question et je n'ai pas trouvé de meilleur moyen qu'un long fil de laine qu'on attache à une pierre de l'entrée et qu'on déroule le long des galeries.

Ses mots s'élevèrent, légers comme des duvets que le moindre souffle détruirait, avant de prendre la consistance joyeuse de l'espoir qu'ils faisaient naître : un fil ! Il n'y avait que Dédale pour inventer cela ! Devant une telle évidence, une telle simplicité, on ne pouvait que s'incliner, ce que fit Ariane, se prosternant aux pieds de l'architecte, les yeux embués de gratitude. Icare, gagné par l'émotion, sentit ses propres larmes affleurer.

Cette visite lui laissa une impression confuse, à la fois exaltante et pénible. Certes, comme Ariane, il espérait de tout cœur la victoire de Thésée, qui mettrait fin au rituel de mort du labyrinthe. Mais le sort d'Astérion semblait indifférent à la jeune fille, dont le cœur ne battait que pour le bel Athénien. De son côté, Thésée ne paraissait pas aussi amoureux d'Ariane qu'elle l'était de lui.

Icare se fit aussi cette réflexion : Dédale, une fois

encore, trompait Minos ; et, circonstance aggravante, il le faisait au profit d'Égée*. Souhaitait-il ainsi se réhabiliter auprès d'Athènes ? N'avait-il jamais servi le roi de Crète que pour mieux le trahir ?

Le lendemain de cette visite, en plein midi, un cri effroyable retentit, dont l'origine ne faisait aucun doute. Le Minotaure, blessé à mort, entrait en agonie. Sur la tribune dressée près de l'entrée du labyrinthe, les dignitaires du palais échangèrent des regards inquiets.

– Dès l'instant où j'ai vu Thésée, prétendit Minos d'une voix forte, je n'ai pas douté de sa réussite.

Ces paroles étaient destinées autant à la foule qu'aux responsables du royaume. Le roi, après un regard à Dédale, claironna :

– Tout autre chose sera pour le fils d'Égée de se sortir du labyrinthe !

Aussi la surprise fut-elle totale de voir bientôt apparaître le jeune homme, tenant dans une main son épée ensanglantée et dans l'autre la tête tranchée d'Astérion. Des vivats s'élevèrent et Minos, pour faire bonne figure, applaudit lui aussi au succès du prince athénien.

– Ainsi s'achève le pacte qui nous liait ! lança Thésée. J'ai hâte, maintenant, de retrouver mon père.

La foule s'écarta avec respect devant les adolescents, pour leur permettre de descendre à la mer reprendre possession de leur navire. Icare le savait : Ariane attendait, au fond de la cale où elle s'était cachée à l'aube. À cet instant, il éprouva le regret de ne pas avoir eu l'idée de la rejoindre à bord.

« Moi aussi, se promit-il avec exaltation, je serai maître de mon destin. J'embarquerai pour Athènes. Thésée et Ariane m'y feront bon accueil. »

Il annonça le soir même à son père son intention de partir et sa destination. Dédale l'écouta d'une oreille distraite et ne fit aucun commentaire. Il avait l'air préoccupé, inquiet, même.

– Ariane n'aurait pas dû s'enfuir avec Thésée, dit-il tout à coup. Minos est dans tous ses états. Je crains qu'il ne finisse par se douter de quelque chose.

Ses craintes se révélèrent fondées. Au milieu de la nuit, la porte fut enfoncée par des gardes. À leur tête, Minos en personne brandissait des bribes de fil, sa sempiternelle insulte aux lèvres :

– Chien d'Athénien ! Que les dieux te maudissent ! Tu as jugé bon d'aider la fille contre le père. Toi seul pouvais avoir l'idée de ce fil de laine… Avoue-le !

Dédale ne nia pas et défia le souverain :

– Tu as fait ton temps, Minos. Tu es un vieux roi et je serai toujours du côté de la jeunesse.

Le père d'Ariane demeura sans voix avant de trouver une réplique à la mesure de la provocation de son architecte :

– Eh bien, ton désir de jouvence sera vite satisfait : ton fils te tiendra compagnie dans le long supplice qui t'attend.

CHAPITRE 5
ENFERMÉS

Une chose était de se trouver « témoin d'événements considérables », une autre d'en être l'acteur. Il sembla à Icare que les dieux se montraient injustes envers lui. Passe encore qu'ils punissent son père, mais lui, qu'avait-il fait ? À cause d'une parole malheureuse de Dédale, il se trouvait associé à son supplice.

Ils passèrent la matinée dans une geôle, sans qu'on leur donne à manger ni même à boire.

– Ce n'est qu'un avant-goût de ce qui vous attend, leur avait promis Minos.

Dédale manifestait une sorte d'indifférence qui

horripilait Icare. Assis dans un coin de leur cachot, il demeurait perdu dans ses pensées. Il ne s'agita que lorsqu'un scarabée attira son attention. Il observa alors longuement les déplacements de l'insecte, qu'il s'amusa à contrarier au moyen d'une brindille.

Icare pensa à l'oursin qu'il avait lui-même fait rouler sur la plage des années auparavant, le jour où le taureau blanc avait surgi de la mer. Tant de choses s'étaient passées depuis, tant de moments attachés l'un à l'autre qui avaient inéluctablement conduit à la situation désastreuse d'aujourd'hui.

D'un coup, Icare ne supporta plus le silence de Dédale.

– Minos va nous emmurer dans *ton* labyrinthe, s'écria-t-il la voix étranglée, au bord du sanglot. Et toi tu es là, à jouer avec un scarabée !

Il fixait son père avec une expression de haine.

– Si tu n'avais pas…

– Calme-toi ! le coupa fermement Dédale. J'éprouve la même détresse que toi. Mais ne donnons pas à Minos le spectacle lamentable d'une dispute. Il en serait trop content !

Icare ravala son dépit. « La même détresse que toi. » Curieusement, de savoir son père moins tranquille qu'il ne le laissait paraître lui apporta un réconfort.

En début d'après-midi, le roi fit conduire les

prisonniers à l'entrée du labyrinthe. Dédale et Icare comprirent qu'il avait pris le temps d'organiser une parade. La foule était nombreuse. Réquisitionnée et épuisée de soleil, elle attendait passivement l'arrivée des condamnés.

Minos prononça la sentence avec force, espérant recueillir une ovation en retour. On l'acclama mollement. Le peuple avait eu son content d'émotions la veille, avec la double victoire de Thésée. Triple victoire, même, si l'on ajoutait l'enlèvement d'Ariane à la mort du Minotaure et à la sortie glorieuse du labyrinthe. Aussi ce prolongement des festivités paraissait-il superflu. Nombre de Crétois avaient eu un parent condamné à être dévoré par le monstre. Ils voulaient bien considérer que Dédale, chien à la solde d'Athènes, les avait trahis ; ils lui vouaient, cependant, une reconnaissance secrète pour avoir aidé Thésée à les débarrasser du fléau.

Un groupe d'athlètes relevèrent, à l'aide de cordages, la gigantesque pierre qui allait refermer le labyrinthe et la rapprochèrent de l'entrée. Des ouvriers préparaient un mortier destiné à obstruer définitivement le passage. Sur un signe de Minos, les gardes se préparèrent à tirer leur épée pour contraindre les condamnés à entrer dans leur dernière demeure. Mais Dédale, fièrement, avança de lui-même et Icare l'imita sans hésiter.

Ils contemplèrent une dernière fois le ciel puis, après

un salut à la foule, ils s'enfoncèrent dans le couloir obscur.

Leur courage provoqua un souffle d'admiration. Minos s'en trouva déconfit. Avant qu'il eût le temps de prononcer la moindre parole, l'architecte et son fils avaient disparu. Furieux, il donna l'ordre de clore à jamais le labyrinthe.

Icare sursauta quand, dans l'obscurité glacée, les deux mains de son père se posèrent sur ses épaules.

– Écoute-moi bien, lui souffla Dédale à l'oreille. Je veux que tu accroches ton bras au mien et que tu ne le lâches pas. Tu comprends ?

– À quoi bon ? s'écria Icare.

Dédale lui ferma la bouche d'un revers de la main.

– Nos paroles portent, transmises par l'effet de résonance le long des galeries et dans les caves. Habitue-toi à chuchoter. Minos pourrait nous entendre, comme nous entendons les truelles de ses maçons.

– Quelle importance ? murmura Icare, obéissant malgré tout. Nous sommes perdus !

– Eh bien non, répondit Dédale, nous ne sommes pas perdus. Nous nous trouvons dans la première cave et deux choix s'offrent à nous. Je vais repérer à tâtons le bon passage, puis le suivant et ainsi de suite.

– Que veux-tu dire ? demanda Icare, soudain rempli d'espoir. Connais-tu par cœur le chemin jusqu'à une sortie secrète ?

– Je sais en effet par cœur les arcanes du labyrinthe, mais non, désolé, je n'ai pas prévu de sortie secrète. Je ne pouvais pas penser que l'entrée serait un jour murée. J'ai eu tort... Allons jusqu'au puits de lumière et là nous aviserons.

– Alors, ton plan que Minos a brûlé, c'était juste pour...

– Lui donner le change, oui. Mais, à la fin, te tairas-tu ? Crois-tu qu'il me soit possible de me rappeler la complexité du chemin si tu m'interromps sans cesse ?

Icare s'exhorta au silence et avança à l'aveugle, guidé par son père de cave en cave, d'escalier montant en escalier descendant, jusqu'à en avoir le tournis.

Bientôt la puanteur de l'endroit se fit plus forte. Ils se trouvaient dans la zone que le Minotaure avait le plus occupée. Ils piétinaient ses déjections et butèrent sur un cadavre desséché qui faillit les faire tomber.

– Astérion n'aura pas voulu de celui-là, ricana Dédale. Un Crétois trop coriace, sûrement.

Icare avait un jour parcouru ce chemin, mais il ne s'y reconnaissait absolument pas. Une lueur annonça la proximité de l'antre. L'odeur leur soulevait l'estomac.

– Restons près de la paroi et ne faisons pas de bruit, ordonna Dédale. Je ne veux pas qu'on nous sache déjà ici.

Malgré la belle et douce lumière qui le baignait, l'endroit était lugubre. De nombreux ossements jonchaient le sol, le plus souvent brisés et blanchis d'avoir été nettoyés jusqu'à la moindre fibre. Les crânes des victimes étaient, eux, entassés avec soin comme autant de trophées. Icare les évalua à une centaine ! Une fois déduits les vingt-huit jeunes gens athéniens qui avaient péri, le nombre des victimes autochtones s'établissait à environ soixante-dix.

Se livrant à ce calcul macabre, le fils de Dédale retardait volontairement le moment de porter les yeux sur le cadavre d'Astérion, dont Thésée avait brandi la tête de taureau. Quand il se résolut à le regarder, il fut surpris. Le corps ensanglanté, certes contrefait et doté d'une musculature difforme, restait celui d'un homme. S'approchant de la dépouille, ils virent des blessures aux pieds et au ventre. Dédale reconstitua sa fin :

– Thésée ne lui aura laissé aucune chance. Il se sera allongé afin de le surprendre et le frapper d'abord aux tendons pour le faire chuter. Puis il l'aura achevé d'un coup d'épée au ventre, avant de lui couper le cou... Pauvre Astérion ! Ta peau blafarde ne s'est jamais réchauffée au soleil et tu as sans doute enduré autant de souffrances que tu en as infligé.

Icare compléta l'oraison funèbre :

– J'ai toujours su que cet endroit, où l'on m'a forcé à te conduire, serait ton tombeau. Mais j'étais loin d'imaginer que tu mourrais si vite et que je te suivrais dans ce sépulcre.

– Et maintenant, dit Dédale, gardons le silence et reposons-nous. J'ai besoin de réfléchir.

– Crois-tu vraiment pouvoir trouver un moyen de nous sauver ? demanda Icare.

– Il le faut bien ! Sinon, la faim nous condamnera à nous repaître du cadavre d'Astérion, puis à nous entre-tuer.

– Jamais ! proclama Icare. Je me donnerai la mort avant.

Il y avait déjà réfléchi, tandis qu'il marchait au côté de son père.

– Et de quelle façon te suicideras-tu ?

– Je trouverai le moyen.

– La vie est trop précieuse pour qu'on choisisse d'y mettre fin.

– Précisément ! Elle est trop précieuse pour accepter de la terminer dans la déchéance et l'indignité.

Dédale regarda son fils comme s'il le voyait pour la première fois.

– À circonstances exceptionnelles, comportement exceptionnel, dit-il. Nous ne nous sommes pas parlé ainsi depuis des mois, me semble-t-il.

– Non, corrigea Icare, détournant la tête pour cacher son trouble. Depuis des années !

– Tu avais fait preuve d'un grand courage, ici même, quand nous avons accompagné Astérion. Mais c'est aujourd'hui que tu me surprends le plus, par ta maturité. Je ne t'ai pas vu grandir.

– Tu n'as pas voulu me voir, répliqua Icare avec aigreur. Tu étais si occupé !

Dédale se laissa glisser à terre et s'appuya le dos contre la paroi.

– Allons, dit-il, coupant court à leur conversation. Silence, à présent. Il me faut penser à une manière de nous sauver d'ici.

– Réveille-toi !

Dédale secouait son fils qui avait sombré dans le sommeil. L'antre était plongé dans une semi-obscurité. Il devait être tard. La nuit n'allait sans doute pas tarder.

– Au travail ! lui dit son père avec énergie. C'est dans l'action que nous combattrons la déchéance et l'indignité dont tu parlais.

– Mais à quoi pouvons-nous travailler ?

– À enterrer Astérion, pour commencer. Ainsi, nous maintiendrons cet endroit dans une puanteur supportable. Et puis nous verrons.

Tandis que son fils dormait, il avait arpenté le labyrinthe à la recherche des trois épées qui s'y trouvaient : celle du premier garde mort le jour de l'installation d'Astérion, et celles des deux jeunes Athéniens qui s'étaient trouvés à la place de Thésée, les années précédentes. Il n'en avait récupéré que deux, dont il comptait se servir comme outils.

L'antre avait été excavé dans une roche crayeuse,

plutôt meuble. Dédale et Icare la creusèrent le reste de la nuit. Loin au-dessus de leur tête, la clarté du ciel distillait une pénombre à laquelle leurs yeux s'accoutumèrent peu à peu. Ils accomplissaient leur tâche sans hâte excessive, se ménageant des temps de pause. Aux premières lueurs du jour, ils inhumèrent Astérion et s'endormirent tous les deux, recrus de fatigue.

Icare fut le premier levé. Voyant son père étendu, il prit peur et vint s'assurer que Dédale respirait toujours. Il réalisa alors combien sa présence lui était indispensable.

Des ombres mouvantes modifiaient la lumière du puits. On les regardait, de là-haut. Des gardes avaient découvert qu'ils avaient enterré le Minotaure. Minos, peut-être, se penchait pour s'en rendre compte lui-même. Bientôt, des seaux d'excréments et des cadavres putréfiés de petits animaux furent déversés dans le puits, en même temps que des bordées d'insultes.

Dédale se réveilla et comprit la situation.

– Nous allons quitter ce lieu, dit-il. Mieux vaut encore l'obscurité.

– Nous avons si facilement creusé. Pourquoi ne pas percer un tunnel ?

– J'y ai pensé, répondit Dédale, mais nous serons morts d'épuisement avant d'y arriver. Et, en supposant que nous réussissions, Minos nous aura vite repris.

Ils se regardèrent, accablés par leur impuissance. Soudain, une lueur s'alluma dans l'œil de l'architecte, cette étincelle qu'Icare connaissait bien. Dédale dessina sur le sol un plan large dont il commenta les éléments :

– Le palais se trouve ici, la mer est là. Le labyrinthe a été creusé dans le sous-sol qui les sépare.

Il ajouta ces précisions sur le chantier :

– Quand les esclaves ont creusé de ce côté, un rocher s'est détaché, apportant d'un coup la lumière du jour. Nous avions atteint la paroi de la falaise. J'ai alors ordonné que la cave soit comblée. Une partie des gravats extraits de l'antre y a servi.

– Si je comprends bien, dit Icare, il nous suffirait de percer une première paroi pour nous retrouver dans une partie meuble, et atteindre plus facilement ce trou dans la falaise ?

– Oui. Pas d'illusions, cependant. Le trou en question est à la fois trop haut pour nous permettre de sauter dans l'eau et trop bas pour que l'on puisse atteindre le sommet de la falaise. Dans les deux cas, nous tomberions dans le vide et perdrions la vie.

Ils demeurèrent songeurs.

– Ce n'est pas une raison pour rester sans rien faire, dit Icare. Au travail !

Son père sourit de l'entendre reprendre ainsi sa formule.

– Au moins, conclut-il, nous ne moisirons pas dans le noir. Nous verrons le bleu du ciel et respirerons le bon air de la mer.

CHAPITRE 6

NUÉE D'OISEAUX BLANCS

Dédale guida son fils jusqu'à une cave éloignée, où ils commencèrent à entamer la paroi. Se tenant dans l'obscurité complète, ils prenaient de multiples précautions pour ne pas se blesser. Ils finirent par trouver un rythme, frappant chacun le rocher et s'arrêtant pour laisser place à l'autre, avant d'être trop fatigué.

Leurs lames s'usaient et finirent par se briser. Ils les utilisèrent comme des poignards, avec plus d'efficacité encore.

Combien d'heures dura leur labeur ? Impossible de le dire. Le temps n'avait pas cours. Leur hâte d'aboutir était telle qu'ils en oubliaient la faim et la soif. Icare le premier sentit sa lame s'enfoncer plus profondément. Il allait en parler à son père, mais celui-ci avait perçu le son différent rendu par l'outil de fortune.

– On y est, n'est-ce pas ? Nous avons enfin atteint la cave condamnée ! Repose-toi, Icare. Je vais agrandir l'ouverture et nous pourrons bientôt déblayer. Il nous faudra encore un long moment avant d'atteindre le trou dans la falaise, mais ce sera beaucoup plus facile que ce que nous venons d'accomplir.

Dédale prit conscience d'un nouveau danger. Les gravats qui avaient servi à combler cet espace n'étaient pas stables et risquaient de leur dégringoler dessus. Ils s'aventurèrent précautionneusement dans le boyau qu'ils dégageaient. Au fur et à mesure de leur progression, Icare avait les tempes serrées par la frayeur. Il y eut soudain un bruit d'éboulis. Ils se figèrent. Dédale souffla à son fils qui rampait derrière lui :

– En arrière, vite !

Lui-même rampa à reculons pour s'extraire du tunnel. Ils se retrouvèrent à l'abri, l'oreille tendue, l'œil rivé au trou d'où ils étaient revenus. Il y eut un autre bruit d'éboulis, plus long, plus grave, et des lumières apparurent. Elles étaient très faibles et donnaient l'impression de flambeaux dansant au loin, comme si le conduit qu'ils avaient entrepris de creuser se trouvait prolongé droit devant eux, dans le lointain.

– Des gens viennent ! s'inquiéta Icare.

– Je me serais trompé d'orientation ? s'interrogea son père. Nous ne serions pas côté mer ?

L'explication du mystère fut vite apportée par un courant d'air, refroidissant leurs vêtements imprégnés de sueur.

– Des étoiles ! s'écria Dédale. Il fait nuit noire et c'est un petit pan de ciel que nous voyons devant nous !

Ils se congratulèrent, heureux d'avoir réussi, mais ne comprenant pas bien ce qui s'était passé. Dédale émit une hypothèse : la cave condamnée n'avait pas été comblée autant qu'elle aurait dû l'être, et les gravats en s'éboulant avaient emporté une bonne partie de ce qu'il leur restait à creuser, ouvrant, d'ores et déjà, un espace sur l'extérieur.

– Le manque de zèle de mes esclaves nous sauve aujourd'hui ! Icare, je propose que nous dormions. Nous avons bien mérité notre repos. Demain, nous considérerons tout cela à la lumière du jour.

Pour ne pas trop souffrir de l'humidité, maintenant qu'ils avaient cessé de s'activer et que l'ouverture nouvelle distillait ce courant d'air, ils s'allongèrent et se serrèrent l'un contre l'autre.

Icare fut réveillé par le bruit que faisait son père. De l'autre côté du passage, Dédale travaillait à dégager des blocs. Un rai de lumière éclairait la cave. L'adolescent fut surpris par la taille de celle-ci. Il l'avait imaginée plus vaste, dans le noir.

Il se leva, l'estomac douloureux serré par la faim ; et sa langue commençait à ressembler à un morceau de craie, tant il était assoiffé. Il lécha la paroi humide.

La lumière augmenta quand Dédale dégagea un bloc plus important. Puis elle diminua. Son père rampait dans ce qui restait de tunnel, venant à sa rencontre.

– Il y a eu d'autres effondrements depuis la construction, voilà pourquoi nous avons si facilement, bien qu'involontairement, provoqué l'éboulement salutaire qui nous a ouvert le chemin.

La plus grande surprise pour Icare fut de voir le visage et les mains de son père tuméfiés, enflés, constellés de piqûres. Dédale avait trouvé des nids d'abeilles accrochés en hauteur, dans la fissure d'un rocher, et en avait fait tomber un. Il lança à son fils un fragment de rayon de cire garni de miel.

– Les dieux pourvoient à notre survie !

Après s'être régalé de la substance sucrée, Icare suivit son père dans le boyau et déboucha sur un espace étroit où ils pouvaient cependant tenir debout. Il faisait pleinement jour et l'adolescent eut la sensation de toucher le bleu du ciel. Des abeilles affolées tournoyaient au-dessus du rucher tombé et mis en pièces.

– Elles finiront bien par s'en aller, dit Dédale. Gare aux piqûres, tout de même !

L'à-pic de la falaise s'ouvrait à leurs pieds. Icare évitait de trop regarder en bas. La tête lui tournait de contempler ainsi le ciel et la mer. Il se sentait comme attiré par le vide et savait bien qu'il ne survivrait pas à une chute.

Ils déblayèrent l'endroit de manière à aménager un sol moins pentu. Quand ce fut fini, ils s'assirent sur deux pierres, l'un en face de l'autre. Dédale, malgré ses paupières gonflées et une oreille qui avait triplé de volume, avait l'air heureux. Il tendit à son fils une nouvelle part de rayon et croqua à belles dents dans la sienne. Ils demeurèrent ainsi, silencieux, savourant le miel et quelques abeilles mortes qui croquaient sous leurs dents. Peu à peu, l'expression de contentement s'effaça du visage d'Icare. Dédale, qui l'observait avec attention, finit par lui demander :

– Pourquoi cet air mélancolique ?

– Naucraté m'a posé la même question, il n'y a pas très longtemps… Je pensais à elle, justement. Je me disais que je ne la reverrais plus.

– Je l'ai follement aimée, révéla son père, et j'ai été heureux qu'elle me donne un fils.

Icare, ému d'entendre pour la première fois Dédale se confier ainsi, saisit cette occasion de lui livrer ce qu'il avait sur le cœur :

– Un fils qui ne ressemble pas à celui que tu aurais aimé avoir…

– Pourquoi dis-tu cela ?

– Je n'ai pas ton intelligence, répondit Icare avec une joie mauvaise, ni ton art de sculpter, ni ton talent d'architecte… Tu te rappelles cet oiseau que j'avais modelé, et la façon dont tu l'avais jugé ?

Dédale affirma ne pas s'en souvenir.

– Tu vois bien, se désola son fils, ce qui importe pour moi n'importe pas pour toi !

Comme son père gardait le silence, Icare alla plus loin dans ce constat :

– Moi, par exemple, je n'aurais jamais aidé Pasiphaé à tromper Minos. Ta trahison est à l'origine de tous nos ennuis !

Dédale réagit vivement :

– Ma « trahison » ?! Penses-tu vraiment que j'aie eu le choix ? Ne pas obéir à Pasiphaé, c'était m'exposer à sa vengeance ! Et, crois-moi, cette folle peut être aussi cruelle et impitoyable que son époux.

– Je le sais bien, mais tu avais l'air si heureux de construire cette fausse vache ! Je n'ai vraiment pas eu l'impression que cela te coûtait de trahir ton roi.

– Je n'ai trahi personne ! Trahir, c'est manquer à un ami. Minos n'a jamais été le mien. Mon roi, dis-tu ? Mais je n'ai jamais fait allégeance à la Crète !

La voix de Dédale tonnait dans l'espace réduit où ils se trouvaient.

– Ah, bien sûr, constata Icare avec aigreur et déterminé à ne pas se laisser intimider. Toi, tu viens d'Athènes ! Voilà pourquoi tu as aidé son prince à vaincre le Minotaure.

– Libre à toi de le penser, dit plus calmement Dédale, mais la vérité est que je suis de partout et de nulle part. Je ne me connais pas de patrie. Je ne me suis jamais soumis qu'à moi-même et à mon ambition d'accomplir de grandes choses. Les tyrans croient prendre les artistes à leur service. Au contraire, les artistes se servent d'eux et des moyens considérables qu'ils mettent à leur disposition.

Dédale chassa de la main une abeille qui approchait de sa bouche avant de reprendre :

– Tu peux être déçu par mes actes. C'est le lot des pères d'être jugés par leurs enfants. Mais prends garde à ne pas me condamner trop vite. Si j'ai construit la vache de Pasiphaé, inventé le labyrinthe de Minos, eu l'idée du fil donné à Ariane et Thésée, ce n'est pas pour complaire à tous ces gens. Seuls m'animent la passion de mon art et ces grands défis que la vie m'offre, à la mesure de mon ambition !

Jamais Dédale ne lui avait parlé ainsi. Icare prit le temps d'assimiler ce qu'il venait d'entendre, sans pour autant perdre son sens critique. Il indiqua d'un geste large le vaste abîme qui s'ouvrait à leurs pieds.

– Le défi d'aujourd'hui est-il assez à la mesure de l'ambition du grand Dédale ?

– Bien sûr qu'il l'est, affirma son père, indifférent

à son ironie mordante. Je ne cesse d'y réfléchir, figure-toi, et ne me résigne pas encore à mourir, moi…

– Moi non plus, s'empressa de dire Icare, même si je n'entrevois pas d'autre issue que de nous jeter dans la mer. Ou de nous passer ces bouts d'épées au travers du corps.

Ces mots eurent le don d'irriter Dédale. Il se redressa de toute sa hauteur, marquant par là qu'il mettait un terme à leur discussion, et il se lança dans l'examen attentif des parois de leur petit domaine. Puis, le premier, il reprit la parole :

– La vie est si courte ! À quoi bon la vivre, si on ne laisse pas dans la société des hommes une part d'immortalité ?

– D'immortalité ? !

Icare en lâcha le rayon de miel qu'il dégustait.

– Ton ambition est démesurée ! L'immortalité est le privilège des divinités. Elles te puniront pour cela !

– Et quand bien même elles me puniraient ? Dans les générations futures, on se souviendra de Minos en raison du labyrinthe que Dédale lui avait construit. Voilà ma satisfaction et le sens que je veux donner à mon existence.

Icare se lécha les doigts, suivant au loin le lent mouvement d'un nuage. Il hésita, pesant les termes de ce qu'il allait dire, avant de se tourner vers son père :

– On se souviendra aussi de Talos, ton neveu d'Athènes, que tu as poussé dans le vide.

Dédale délaissa un instant le bloc de pierre qu'il

s'échinait depuis un moment à arracher du pied de la paroi.

– Tais-toi, dit-il d'une voix glacée. Tu ne sais pas de quoi tu parles.

Il se remit à pousser et à tirer le bloc, tout en maugréant :

– Que peux-tu savoir de ces choses ? Qu'est-ce qu'un fils peut savoir d'un père ?

– Qu'est-ce qu'un père peut savoir d'un fils ? répliqua Icare, agacé lui aussi. Minos se croit bien celui d'Astérion !

– Cela suffit ! dit Dédale. Nous gaspillons inutilement nos forces à nous quereller. Viens plutôt me donner un coup de main, seul, je n'y arrive pas.

Icare lui apporta son aide. Le bloc vacilla et provoqua un mouvement parmi les pierres voisines avant de reprendre sa place. Une ombre alors et un frôlement dans l'air attirèrent leur attention. Suspendant leur effort, le père et le fils se tournèrent pour voir passer une nuée blanche : de grands oiseaux de mer frôlant la falaise.

Émerveillé par la beauté de ce spectacle, Icare les regarda s'élever, sans un cri, dans le ciel.

– Si nous pouvions voler, nous aussi, à la manière de ces oiseaux, dit-il.

Ils reprirent le bloc à pleines mains et le déstabilisèrent une nouvelle fois, puis une autre encore. Enfin, conjuguant leurs forces dans un dernier élan, ils l'arrachèrent à son emplacement. Ils eurent tout juste le temps de s'écarter pour éviter qu'un amas de lourds débris ne leur dégringole sur les pieds. L'ouverture qu'ils venaient de dégager était importante et ce qu'ils découvrirent de l'autre côté les stupéfia.

CHAPITRE 7

PRÉPARATIFS

Depuis que Minos les avait enfermés dans le labyrinthe, Icare vivait chaque instant avec une intensité nouvelle. Jamais il ne s'était opposé de cette façon à Dédale. Étrangement, il en était heureux, et n'avait jamais été si proche de son père que depuis qu'ils s'envoyaient ainsi, l'un et l'autre, leurs désaccords à la figure ! Seule la question touchant à la mort de Talos restait sans réponse. Icare se résigna à ne plus l'évoquer.

Juste après le passage des grands oiseaux blancs, il avait pris une décision : se rendre à Athènes et y mener son enquête. Il s'était aussitôt rendu compte du ridicule de cette résolution : leur prison, même à ciel ouvert, le condamnait à demeurer auprès de son père, et sans doute à mourir avec lui.

La brèche pratiquée révéla une vaste cavité naturelle, creusée par l'érosion. Elle ne donnait pas pleinement sur l'extérieur. La lumière du jour l'éclairait, cependant, grâce à de nombreuses et larges ouvertures. L'endroit exhalait une odeur âcre de fiente et de poisson pourri.

Le bruit qu'ils avaient produit en remuant les pierres avait fait fuir les occupants : une colonie de grands oiseaux marins, probablement ceux qu'ils avaient vus frôler la falaise et s'élever dans le ciel, dans un silence de rêve. Une dizaine d'entre eux, demeurés au refuge, se tournèrent vers les deux intrus. Battant anarchiquement des ailes et poussant des cris, l'œil ardent et le bec menaçant, ils entendaient les dissuader d'accéder aux nids.

Dédale éclata de rire.

– La malice de ces volatiles ! dit-il, contraint de crier. Ils ont gardé le silence jusqu'ici, pour ne pas attirer notre attention. La plupart se sont enfuis en douce, mais les plus téméraires sont restés pour veiller sur leur ponte.

Il s'empara des œufs les plus proches, engageant Icare à en faire autant. Ils étaient énormes ! Après en avoir gobé deux chacun, ils regagnèrent leur étroite corniche, laissant la brèche ouverte pour que les oiseaux gardiens s'habituent à leur présence. Ceux-ci cessèrent bientôt de crier.

– « Si nous pouvions voler, nous aussi... » Tu ne croyais pas si bien dire, Icare ! Les dieux me puniront peut-être, comme tu me l'as annoncé, mais pour l'heure ils nous sont favorables !

Icare ressentit une joie profonde à ces paroles. Sa connivence avec son père était totale, en cet instant où gonflait en lui un espoir fou.

– Tu veux vraiment dire... tu crois qu'on pourrait...

– Nous confectionner des ailes ! Oui, nous allons le tenter. Je ne vois pas d'autre solution.

– Mais il reste si peu d'oiseaux... Ils se sont presque tous enfuis !

– Ils reviendront, probablement à la tombée de la nuit. À nous de nous montrer patients et silencieux, d'agir comme il convient. Nous en attaquerons le plus possible et prélèverons leur plumage.

– Avec nos épées ? s'inquiéta Icare. Nous risquerions de nous blesser.

– Tu as raison. Nous les tuerons à coups de pierres.

– Mais comment ferons-nous tenir les plumes entre elles ? Et comment les attacherons-nous à notre propre corps ?

– Rien de plus facile, assura Dédale, que d'attacher les ailes à nous-mêmes.

Le tissu de leurs vêtements, habilement déchiré,

fournirait suffisamment de lanières. Le cuir de leur ceinture aussi, bien que plus difficile à découper.

– Je m'en charge ! décida Icare.

Il aiguisa ce qui lui restait de lame et se mit aussitôt à la tâche, laissant son père réfléchir à la question plus épineuse du moyen de faire tenir les plumes entre elles… Un moment plus tard, l'adolescent avait confectionné une dizaine de longs et fins lacets de cuir.

– J'ai trouvé ! s'écria tout à coup Dédale. Tu as remarqué comme les abeilles ont l'art de construire un logis solide et souple à la fois ?

Il exultait, l'index levé, les yeux rieurs :

– La cire, Icare ! Nous collerons les plumes à des bandes de tissu au moyen de cire, dont nous disposons à profusion. D'ailleurs, je compte sur toi pour la recueillir. J'ai remarqué que les abeilles te fichent la paix et, quant à moi, j'ai reçu assez de piqûres.

– Enfumons-les ! lança l'adolescent. C'est bien ainsi que l'on procède pour les rendre inoffensives.

– Te crois-tu assez habile pour allumer un feu ? demanda Dédale, dubitatif.

– Je peux toujours essayer.

– Alors, attends-moi là.

Dédale revint un long moment plus tard, porteur de morceaux d'étoupe et de filasse récupérés dans les détritus déversés dans l'antre par les hommes de Minos, ainsi que de bouts de bois à demi consumés.

Il apportait aussi un paquet puant et sanguinolent qu'il mit à sécher au soleil.

– Ces tendons compléteront notre attirail, expliqua-t-il. Je les ai prélevés sur une carcasse de chat, ainsi que de la graisse... Minos, croyant nous accabler sous son tas d'immondices, contribue sans le vouloir à notre salut !

De son côté, Icare avait mis ce temps à profit pour trouver deux cailloux capables d'émettre des étincelles, si on les frappait l'un contre l'autre. Un fragment de tissu, dont il avait dissocié les fibres, et les radicelles toutes sèches d'une plante ramassée là lui avaient servi à préparer un petit foyer, entre quatre pierres. Il y ajouta un peu de l'étoupe et de la filasse dénichées par son père.

Dédale, absorbé dans ses pensées, traçait des schémas sur le sol. De temps à autre, il laissait échapper un commentaire, autant pour se fixer les idées que pour édifier son fils.

– Il faut concevoir le vol à la manière de ces grands oiseaux blancs, faire en sorte que nos ailes soient suffisamment larges et fermes pour nous porter, tout en permettant à une quantité d'air de s'échapper. Sinon, nous n'aurions pas assez de force pour assurer les battements. De cet équilibre dépend le succès de notre entreprise.

La perspective de voler exaltait Icare. Le soleil avait déjà atteint son zénith quand l'adolescent, les mains tétanisées d'avoir longuement frappé les pierres, réussit enfin à enflammer faiblement les fibres, sur lesquelles il souffla délicatement, puis plus fort. Une flamme s'éleva. Ravi de voir le feu prendre, Dédale entoura d'un tissu imprégné de graisse l'extrémité de son épée.

– Fais tomber les nids tandis que je les enfume ! ordonna-t-il à son fils.

Icare se hissa sur des pierres pour atteindre les ruches. Il les arracha l'une après l'autre à la paroi et les jeta à terre. Indifférent aux abeilles affaiblies et désorientées par la fumée, il disloqua les nids.

Quand ils eurent fini, Dédale recommanda à Icare d'entretenir le feu, mais parcimonieusement, afin qu'il puisse durer jusqu'au lendemain, où ils auraient besoin de faire fondre la cire recueillie. Ils se régalèrent à nouveau de miel. Pendant tout ce temps, les oiseaux gardiens, du fond de leur refuge, les considéraient avec plus de curiosité que d'hostilité.

Le reste de la journée se passa à parler du vol et de la façon dont il conviendrait de battre des ailes. Dédale semblait avoir beaucoup d'idées sur la question et Icare s'en étonna :

– Toutes ces années que j'ai passées avec toi, je ne t'ai jamais vu observer les oiseaux. D'où tiens-tu cette science ?

Dédale eut une hésitation avant de répondre :

– L'idée de voler m'est venue il y a déjà longtemps, à Athènes. Et puis, je n'ai plus voulu y penser.

Sa voix prenait des inflexions graves, et les mots sortaient à un rythme lent, inhabituel.

– À la vérité, c'est Talos qui y a songé le premier, finit-il par dire.

Le cœur d'Icare se mit à battre fort. C'était la première fois qu'il entendait son père articuler le nom de son neveu.

– Il avait à peine dix ans quand il a prononcé les mêmes mots que toi, tout à l'heure : « Si nous pouvions voler, nous aussi, à la manière des oiseaux… » Oh, il ne rêvait pas de s'échapper, comme toi et moi aujourd'hui. Mais de voler, simplement, pour le plaisir.

– J'en ai bien des fois rêvé, moi aussi, confia Icare, et pas seulement la nuit.

– Talos était l'être le plus doué que j'aie jamais approché, le plus intelligent, le plus vif.

Dédale s'animait, soudain, retrouvant une parole plus libre.

– Il inventait toutes sortes d'objets, d'une grande utilité. La scie que j'utilise pour couper le bois, eh bien, c'est lui qui en a eu l'idée, en observant une échine de poisson. Quelles merveilles il aurait réalisées s'il avait vécu plus longtemps ! Il m'aurait dépassé, il me dépassait déjà. À son âge, j'étais loin d'avoir son esprit d'invention, son imagination…

Icare ressentit un pincement de jalousie envers cet enfant qu'il n'avait pas connu, et qui, d'un coup, acquérait une présence envahissante dans l'admiration de Dédale. Il se garda de dire à son père qu'il connaissait déjà l'anecdote de la scie.

Son père se taisait, maintenant, semblant regretter de s'être épanché. Icare mesura combien évoquer ce passé à la fois lui coûtait et lui était nécessaire. Par égard pour lui, il se garda de poursuivre cette conversation.

– Es-tu certain que les oiseaux rentreront ce soir ? demanda-t-il.

– Je l'espère ! Sans cela, je ne donne pas cher de notre vie. Mais je reste confiant.

Ils rassemblèrent des pierres faciles à tenir en main et assez lourdes pour au moins assommer les volatiles. Icare voulut s'exercer sur les oiseaux gardiens, mais Dédale l'en dissuada, avançant que le calme absolu dans le repaire serait la meilleure garantie du retour des congénères. Ils disposèrent leurs projectiles de la façon la plus favorable à l'attaque qu'ils comptaient mener.

CHAPITRE 8
VEILLÉE D'ARMES

Ils n'attendirent pas le soir pour voir leur vœu se réaliser. À l'heure la plus chaude de l'après-midi, la nuée d'oiseaux blancs s'en revint à la falaise, bruissant seulement du doux frôlement du vent dans les ailes.

– Regarde comme l'air chaud les porte, fit observer Dédale à mi-voix. Si les dieux le veulent, ce sera notre tour, demain.

– Ils sont moins nombreux que ce matin, chuchota Icare. Beaucoup ont pris peur, j'en suis sûr.

Un caillou dans chaque main, ils étaient impatients de les voir se poser, mais les oiseaux repartirent vers le large, pour revenir bientôt. À leur deuxième passage, les gardiens leur lancèrent un appel et quelques-uns consentirent, méfiants, à réintégrer leur abri. La plupart des autres entrèrent à leur tour, au troisième passage.

– N'attendons plus ! murmura Dédale. Mais n'oublie pas, notre vie dépend de la quantité de plumes que nous allons récupérer.

Ils avaient évalué qu'ils devraient tuer au moins quinze de ces oiseaux. Ils lancèrent en même temps leur première pierre. Conformément aux instructions données par son père, Icare ne s'attarda pas à s'assurer de l'efficacité des jets. Il s'agissait d'envoyer de toutes ses forces le maximum de projectiles dans le minimum de temps.

Les cris de souffrance et de panique de leurs victimes leur vrillaient les tympans. Eux-mêmes hurlaient avec rage en perpétrant le massacre. Quand les tas de pierres furent épuisés, le père et le fils échangèrent un regard. Icare fut surpris par le sourire cruel de Dédale, avant de réaliser qu'il arborait le même. Couverts de sueur, le souffle court, suffoquant presque, ils dénombrèrent seize oiseaux inanimés auxquels ils se hâtèrent de tordre le cou, avant de les ramener sur leur corniche.

Les survivants de la colonie s'étaient enfuis et seul un oiseau tremblant demeurait, blessé ou trop effrayé pour s'envoler. Le sourire cruel s'était effacé des visages. Dédale, sous le double regard d'Icare et de l'oiseau témoin, égorgea un volatile, pour le dépecer et le consacrer à Zeus.

– Je crains que ces offrandes ne soient trop modestes pour le maître de l'Olympe*, affirma-t-il. Compte tenu des circonstances, nous ne pouvons mieux faire. Mais sois sans crainte, demain, quand nous aurons réussi à échapper à Minos, ce sont nos ailes que nous consacrerons.

Ils mirent très peu de viande à cuire pour leur propre usage, contraints par la nécessité, d'une part, de se sustenter et, d'autre part, de se rendre le plus légers possible pour le vol qui les attendait.

Une fois restaurés, ils plumèrent les oiseaux et en consacrèrent sept autres à Zeus, avant de jeter à la mer les huit restants en manière d'offrande à Poséidon. Icare s'inquiéta quelque peu de cette arithmétique, espérant que ni le dieu souverain ni son frère n'en prendraient ombrage.

Ils se lancèrent alors dans la confection des deux paires d'ailes, selon les plans précis élaborés par Dédale. La nuit les surprit au moment même où celui-ci appliquait la cire chaude servant à maintenir les tiges de la dernière rangée de plumes.

– Nous n'avons plus qu'à dormir, à présent.

Ayant utilisé leurs vêtements pour confectionner des lanières, ils étaient nus et craignaient d'avoir froid, bien que la température fût assez douce. Au moment de se coucher, Icare eut l'idée de se couvrir de ses ailes, tout en veillant à ne pas les froisser, mais il eut vite trop chaud et les écarta, gardant une main posée dessus.

L'excitation de l'entreprise folle à laquelle ils allaient se livrer le lendemain leur conserva longtemps les yeux ouverts.

– As-tu peur de mourir ? demanda Icare.

Dédale mit si longtemps à répondre qu'il le crut endormi.

– Oui. Et toi ?

– Moi aussi.

– Si nous mourons, ce sera sans regret, assura Dédale.

Le regard plongé dans les constellations, Icare acquiesça d'un mouvement de menton, ne réalisant pas que son père ne pouvait le voir.

– Où irons-nous d'abord ? demanda-t-il. À Athènes, je suppose.

– Non, répondit Dédale. Je n'y tiens pas, même si on m'y accueillerait favorablement pour avoir aidé Thésée. C'est là-bas que Minos me cherchera d'abord, et je ne veux pas envenimer le conflit qui l'oppose aux Athéniens.

Il marqua une pause et reprit :

– C'est à Camicos, en Trinacrie, que nous irons. Je suis sûr que Cocalos, son roi, nous accueillera en amis. Qu'en penses-tu ?

Icare affermit sa voix :

– Je ne te suivrai pas, père. Je préfère me rendre à Athènes, pour y retrouver Ariane.

Icare ne put voir l'expression ironique de Dédale, mais elle transparut dans ses mots :

– Naïf que tu es ! Thésée l'a probablement déjà abandonnée sur la première île venue, maintenant qu'il n'a plus besoin d'elle.

– Le crois-tu vraiment ? demanda Icare, interloqué.

Mais il se souvenait que, si Ariane s'était montrée folle amoureuse de Thésée, ce dernier n'avait pas manifesté une passion égale.

– Les grands combattants sont comme les grands artistes, proféra Dédale. Tous les moyens leur sont bons.

L'allusion – à lui-même et aux propos qu'il avait tenus quelques heures plus tôt – était assez limpide. Icare reconsidéra son projet, pesant le pour et le contre.

– Alors tant pis, finit-il par décider. Je prendrai la même direction que toi, mais je m'arrêterai en route, dans un endroit qui me plaira.

Il tentait d'imaginer la réaction de Dédale.

– Mais quel projet as-tu ? lui demanda son père. Vas-tu renoncer à tout ce que tu as appris auprès de moi ?

Icare songea à ce que Naucraté lui avait dit un jour : « Prends de lui ce que tu peux prendre, et pour le reste, mène ta vie comme tu l'entends. »

– Tu es volontaire et plutôt habile de tes mains,

continuait son père. Tu feras un honnête sculpteur. Mais tu manques tellement d'ambition !

– Je ne le crois pas, répondit tranquillement Icare. C'est juste que mon ambition est différente de la tienne. Au contraire de toi, je veux cultiver l'amitié. Androgée me manque, et Ariane aussi. Je n'ai jamais été aussi heureux qu'auprès d'eux et de Naucraté.

– On ne peut pas rester toute sa vie un enfant, objecta Dédale.

– Je le sais bien, et il ne s'agit pas de cela !

Renonçant à convaincre son père avec des arguments, il improvisa un chant, à la faveur de l'obscurité :

– *Les générations naissent et s'en vont*
mais leurs rêves enchanteurs jamais ne disparaissent
ils vivent dans le soleil, le deuil ou la tempête
et même engourdis par le froid
les rêves enchanteurs ne meurent jamais

– Ta voix est belle, dit Dédale, surpris. Je ne t'ai entendu qu'une seule fois chanter ainsi, pour Astérion. D'où vient ce nouveau chant, et qui te l'a appris ?

– Il a jailli à l'instant, répondit Icare, du fond de mon cœur, et c'est toi, par ton désir ardent d'immortalité, qui me l'as inspiré !

– C'est un chant un peu triste, mais apaisant et rempli de sagesse, le complimenta Dédale, et je crois que mon sommeil va s'en trouver favorisé. Que la nuit te soit paisible.

– Qu'elle le soit aussi pour toi.

Dédale se redressa tout à coup sur son coude.

– Je n'avais de toute façon aucune intention de t'obliger à me suivre. D'ailleurs, comment le pourrais-je ? Et puis, ajouta-t-il avec malice, il est bon qu'un enfant vole de ses propres ailes.

Icare ne répondit rien. Il caressa du bout des doigts les plumes à son côté et sourit à la nuit.

CHAPITRE 9
LE VOL

Ils furent levés dès l'aube, sachant pourtant qu'ils devraient attendre, pour s'envoler, que le soleil ait suffisamment réchauffé l'atmosphère. Le moment de grâce de la veille, où ils s'étaient confiés l'un à l'autre, les contentait tous deux et ils n'y firent aucune allusion.

Dédale exposa gravement les raisonnements justifiant les gestes qu'ils auraient à effectuer. Icare l'écouta avec une grande attention, se représentant chaque situation de vol et répétant mentalement la réponse adaptée.

Vint le moment où Dédale demanda à son fils de lui attacher ses ailes.

– Ce sera plus facile pour toi.

Puis, à son tour, encombré des siennes, il fixa celles de son fils. Icare s'inquiétait de leur poids, mais son père le rassura :

– Une fois en l'air, les plumes se gonfleront. D'ailleurs, tu vas déjà t'en rendre compte en battant des bras.

– Tu as raison ! s'écria Icare, se prêtant à l'expérience. Je peine davantage à les élever qu'à les maintenir. Une fois déployées, les ailes paraissent plus légères.

– Cela démontre qu'il ne faudra pas remuer plus que nécessaire. Tu joueras le plus possible avec les courants. Mais j'ai une recommandation très importante à te faire : ne t'approche pas du soleil ! N'oublie jamais que nos plumes ne tiennent que par la cire. Trop de chaleur la ferait fondre.

– C'est entendu, j'y veillerai.

– À l'inverse, ne descends pas trop bas. T'approcher des flots représenterait aussi un danger.

– Je me tiendrai à la juste distance, assura Icare.

Ils s'assirent en silence sur leurs sièges de pierre, surveillant de temps à autre la course du soleil.

– Sauter ainsi dans le vide, dit Dédale un long moment plus tard, personne ne l'a jamais fait, sinon pour mourir.

– Mais nous ne mourrons pas, assura Icare, nous avons nos ailes !

Il se fit tout à coup la réflexion que l'oiseau témoin s'était envolé.

– Le moment est venu, lança Dédale.

Ils se levèrent et s'approchèrent du bord de la corniche. Icare pâlit, éprouvant une frayeur insurmontable.

– Je ne pourrai pas ! s'écria-t-il.

Il tourna vers son père un visage en détresse.

– Tu vas y arriver, lui dit Dédale avec douceur. Préfères-tu que je me lance le premier ?

– Et si tu me poussais ? demanda Icare.

Il vit vaciller le regard de son géniteur. Talos était mort ainsi, tombé du toit d'un temple. Icare réalisa alors combien la proposition qu'il venait de faire était incongrue, que son père eût ou non poussé son neveu. Aussitôt sa frayeur s'évanouit, comme si Dédale l'avait prise en charge. Et sans plus de crainte, il déploya ses ailes et se jeta dans le vide.

Il ressentit d'abord une tension extrême dans les épaules et dans les bras et se crut perdu. Puis il releva la tête, arquant la nuque, et la tension s'apaisa. Il ne chutait plus, ou plus autant, et le frémissement du vent dans les plumes était réconfortant. Il tenta de battre des ailes et y parvint, maladroitement d'abord, puis de plus en plus aisément.

Il volait ! Mieux : ayant assimilé les leçons de Dédale, il contrôlait son vol, variant sa cambrure et joignant plus ou moins les jambes. Une ombre au-dessus de lui : son père l'avait rejoint ! Ils échangèrent un sourire, mais s'éloignèrent vite l'un de l'autre pour ne pas que leurs ailes se heurtent.

Icare vola ainsi, ne se souciant plus que de lui-même.

– À l'égal d'un dieu ! murmura-t-il.

Il ne redoutait plus de déplaire aux divinités. Au contraire, il les sentait proches, et leur était reconnaissant de lui accorder ce pouvoir extraordinaire !

Il distingua tout en bas, déjà loin, la falaise et le palais de Minos. Un oiseau blanc passa dans son champ de vision, peut-être l'oiseau solitaire, volant à la suite de Dédale. Il voulut le prendre en chasse à son tour, mais échoua à le rattraper. L'oiseau le distançait irrésistiblement et Icare prit conscience de son poids. Ses ailes lui parurent empesées. Cela l'effraya. Il baissa les yeux et vit qu'il se rapprochait dangereusement de la mer, alors il se cambra à s'en briser le dos, tout en battant péniblement des ailes. Il reprit de l'altitude, et plus il s'élevait dans les airs, plus légèrement et plus vite il volait. Il monta encore. Comme cela devenait facile ! Les paroles de sa chanson lui revinrent : *Les rêves enchanteurs jamais ne disparaissent, ils vivent dans le soleil…*

« Oui, songea-t-il, *les rêves vivent dans le soleil.* » Il eut envie de crier cette vérité et que Dédale l'entende. Justement, son père faisait demi-tour, cherchant à rejoindre son fils. Mais Icare se laissa monter encore, enivré d'une certitude : leurs noms resteraient associés, quoi qu'il arrive. Son père et lui seraient à jamais les premiers à avoir conquis le ciel !

Il allait replonger, maintenant, pour crier ses impressions à Dédale. Un rire joyeux jaillit de sa poitrine et il ne prêta pas attention à une légère piqûre à son avant-bras, qu'il attribua à un insecte. Un autre piqûre, au poignet cette fois, puis une autre encore à l'épaule, comme si un essaim d'abeilles l'attaquait.

Il abaissa les yeux et découvrit, incrédule, les coulures de cire fondue sur sa peau. Ses cheveux se dressèrent sur sa tête. Les bandes de tissu, l'une après l'autre, se désolidarisaient des liens, libérant les ailes. Icare se sentit tomber. Il regarda dans la direction de son père, encore trop loin, qui venait à sa rencontre. Il passa près de lui et vit son expression horrifiée.

Il prenait de plus en plus de vitesse. Il pensa que la surface de la mer allait le briser, et cela lui fut, un bref instant, une consolation. Au moins ne connaîtrait-il pas l'angoisse d'une noyade. Puis l'épouvante lui serra les os et il mourut avant même de frapper l'eau. Son dernier cri fut pour Naucraté.

ÉPILOGUE

Aélios, le jeune prêtre, vient d'amener Dédale auprès de Cocalos et le roi écoute, stupéfait, le récit de ce visiteur venu du ciel. Plusieurs fois, dans le passé, Minos a menacé de lui faire la guerre et, dans la lutte d'influence à laquelle se livrent Crétois et Athéniens, Cocalos a depuis longtemps choisi son camp. Ce que Dédale lui rapporte des derniers événements de Cnossos le surprend et le ravit : cet homme extraordinaire a non seulement permis à Thésée de vaincre le Minotaure, mais il a réussi à s'évader – et de quelle manière !… – du labyrinthe où on l'avait condamné à finir ses jours.

D'un geste, Dédale met fin aux compliments et aux manifestations d'admiration que le roi lui adresse.

– Je suis un homme ravagé par le chagrin d'avoir perdu son enfant, Cocalos. Je n'ai pas volé jusqu'ici pour recueillir tes louanges, mais pour te demander une faveur.

– Dis laquelle, et je te l'accorderai, si elle ne contrevient pas à la sécurité de mon royaume.

– Aide-moi à tuer Minos, répond Dédale. Je le tiens pour responsable de la mort de mon fils, qu'il a cru bon d'enfermer en ma compagnie dans le labyrinthe. Aide-moi à me venger.

– Tuer Minos n'est pas une mince affaire ! Sa flotte est puissante et mes appuis à Athènes ne sont pas encore consolidés.

– Précisément ! Ce n'est pas par la force que j'entends vaincre ce serpent, mais par la ruse. Sois-en assuré, Cocalos : sa disparition comblera de joie ses nombreux ennemis, tu en tireras toute la gloire et t'assureras les faveurs d'Athènes.

Une lueur de convoitise brille dans l'œil du roi.

– As-tu réfléchi à un plan ? demande-t-il, se doutant déjà de la réponse.

– Je n'ai fait que cela durant le pénible trajet qui m'a conduit ici ! Dix fois j'ai voulu mourir et me laisser tomber dans la mer, dix fois la haine de Minos m'a retenu et contraint à réfléchir au meilleur moyen de l'abattre.

La tension est palpable dans le silence qui succède à ces paroles. Aélios, se tenant humblement à l'écart, ressent pleinement la force de persuasion qui émane de Dédale. « Quel bon prêtre il ferait, songe-t-il, quel bon roi ! »

– Me diras-tu enfin ce moyen ? s'impatiente Cocalos.

– Tu feras courir le bruit selon lequel une épreuve doit être disputée, si difficile qu'un seul homme en aura relevé le défi, un étranger dont personne ne connaît le véritable nom. Lorsque cela parviendra aux oreilles de Minos, il comprendra que je suis cet étranger, et il viendra te trouver pour que tu me livres à lui.

– Très bien. Mais cette épreuve, quelle est-elle ?

Dédale répond par une autre question :

– As-tu jamais essayé de faire entrer un fil dans la coquille vide d'un escargot, et de l'en faire ressortir par un petit trou d'épingle, percé au centre de sa spirale ?

Le roi ne peut retenir une exclamation :

– Je te parle de la puissance de Minos, et tu me présentes une coquille vide !

Mais Cocalos connaît la valeur de son interlocuteur et se reprend :

– Dis-m'en plus, Dédale.

– Une fourmi, Cocalos. Une fourmi, à laquelle on attache le fil, et qui trouve son chemin dans la spirale complexe…

Le regard du roi se perd un instant avant de se raffermir.

– Je comprends… Minos pensera que seul l'inventeur du fil donné à Thésée aura pu trouver une manière aussi ingénieuse de réussir cette épreuve. Tu as ma parole, je ferai ce que tu me demandes.

Satisfait, Dédale cherche du regard le jeune prêtre qui l'a amené au palais et s'en approche.

– Merci pour tout ce que tu as fait, Aélios. Nous allons cesser de nous voir quelque temps, mais le moment venu, quand ma vengeance sera accomplie, je te rendrai visite et te ferai part d'un projet.

Les jours suivants, de nombreux habitants de Camicos tentèrent – sans succès – de passer un fil dans une coquille. Ce casse-tête connut un engouement extraordinaire. La nouvelle, savamment distillée, se propagea bientôt, d'un étranger prétendant s'appeler Magos qui avait eu l'idée d'attacher un fil à la patte d'une fourmi. Les gens se mirent alors en quête de fourmis de bonne taille – assez grandes pour qu'on parvienne à leur attacher le fil, mais pas trop afin qu'elles puissent ressortir par le petit trou d'épingle. Quelques-uns y réussirent, fiers de leur exploit, mais regrettant de ne pas avoir eu l'idée les premiers.

D'île en île, de rivage en rivage, des pêcheurs diffusèrent à la fois ce jeu et sa solution, attribuée à un certain Magos séjournant à Camicos, homme d'une grande ingéniosité. La rumeur, comme une araignée, tissait sa toile d'un bord à l'autre de la Grande Mer[1]. Le roi Minos finirait bien par s'y faire prendre.

La chose arriva environ six mois plus tard. Et c'est ainsi que le roi de Crète débarqua en Trinacrie, pacifiquement, à la tête de deux navires seulement. Il offrit à Cocalos un poignard dans un étui d'argent, du parfum et des bijoux pour son épouse et ses filles. Puis, débarrassé des rituels de politesse et d'hospitalité, il aborda la question sans détour :

– Je veux que tu me livres un homme que j'ai condamné à mort et qui s'est échappé de mon île. Je sais qu'il est ici, et ne me dis pas que tu n'as pas décelé en ce « Magos » l'architecte de mon labyrinthe…

– Je me suis douté de la chose, reconnut Cocalos. Mais cet homme est devenu si populaire que je ne puis m'en prendre à lui sans risquer de provoquer une révolte.

– Ce chien a toujours l'art de se rendre indispensable. Ainsi a-t-il procédé à son arrivée en Crète, voilà des années… Livre-moi Dédale, Cocalos ! Ton prix sera…

– Je connais ton prix, coupa Cocalos. Celui de la paix. Si je ne te livrais pas Dédale, tu reviendrais avec plus de deux navires… Alors permets-moi de t'imposer une condition, une seule : de ne pas attenter à la vie de « Magos » tant que tu seras à l'intérieur de mon royaume.

Minos lissa sa barbe blanche.

1. *Mer Méditerranée.*

– Je comprends. Ton peuple ne te le pardonnerait pas. Sois tranquille, je veux ramener Dédale vivant.

– C'est un honneur, assura Cocalos, de négocier avec une personne de ton intelligence.

Ainsi se referma le piège sur le roi de Crète, suivant le plan établi par Dédale, qui avait anticipé toutes les réactions de son ennemi.

On procéda à l'arrestation de « Magos ».

Minos exigea d'être conduit auprès de l'« oiseau en cage » et lui cracha ces mots :

– Je n'ai assurément pas ton talent d'inventeur, mais sache que le supplice que je te réserve, quand nous aurons regagné la Crète, dépasse en cruauté tout ce que tu peux imaginer.

Dédale abaissa le regard, adoptant l'attitude soumise et affligée des vaincus.

Le soir venu, Cocalos proposa à son hôte de profiter des plaisirs de son palais. Une source naturelle d'eau chaude alimentait les bains. Minos se laissa guider par les filles du roi, trois belles jeunes femmes éclatantes de sensualité et formées à l'art du massage.

Une vasque profonde était creusée dans la pierre, régulée par un trop-plein. On y accédait au moyen d'une échelle de bois. L'eau brûlante de la source volcanique était tempérée par de l'eau froide canalisée depuis une fontaine.

Minos descendit dans le bain et s'abandonna avec délectation aux mains expertes des filles de Cocalos. Celles-ci guettèrent l'instant favorable pour regagner le bord en hâte et tirer l'échelle.

Dédale n'attendait que ce moment, libéré de son emprisonnement fictif et dissimulé non loin de la vasque. Il procéda à une manipulation tout à fait simple : couper l'arrivée d'eau froide au moyen d'un clapet de bois.

Bientôt, Minos se mit à hurler qu'il se brûlait et exigea qu'on lui redescende l'échelle. La température de l'eau augmentait inexorablement, le faisant atrocement souffrir et affectant rapidement ses fonctions vitales. La dernière vision qu'il eut, dans un écran de vapeur, fut le visage de Dédale au-dessus de lui :

– Je ne sais pas quel supplice tu prévoyais à mon intention, mais tel est celui que j'ai voulu pour l'assassin de mon fils.

Sa vengeance accomplie, Dédale ne ressentit aucun soulagement. La mort de Minos, qu'il avait tant préméditée, lui fut presque indifférente. Il participa sans plaisir aux festivités organisées par Cocalos et regagna très tôt sa chambre. Son projet était de se rendre au temple, dès la première heure, pour y retrouver Aélios.

Au petit matin, alors qu'il somnolait encore, un serviteur vint l'informer que le roi voulait lui parler. Cocalos ne s'était pas couché. Ses petits yeux et son teint blafard reflétaient les excès de la nuit. Il se contenta d'indiquer une silhouette dans la pénombre, que Dédale ne tarda pas à reconnaître. C'était Naucraté.

Elle révéla à Dédale qu'elle faisait partie de l'équipage de Minos, dont tous les membres venaient d'être exécutés sur ordre de Cocalos. Elle n'avait eu la vie sauve que pour s'être proclamée l'épouse de l'architecte, avec une ardeur telle qu'on avait préféré ne pas prendre le risque de la tuer.

– Je ne me savais pas marié à une servante, dit Dédale dans un sourire.

– Comment le pourrais-tu ? Nos lois ne le permettent pas. Mais j'ai porté ton fils, et Icare n'est plus.

Elle le regardait intensément. Lui non plus ne la quittait pas des yeux.

– Je l'ai mis en garde, pourtant, se justifia-t-il. Il ne m'a pas écouté. Hélios* et Poséidon se sont unis pour me l'enlever et me punir à travers lui. L'un en faisant fondre la cire qui maintenait ses ailes à leurs attaches, l'autre en l'engloutissant dans la mer.

– Te punir ? releva Naucraté. Les dieux avaient donc des raisons pour cela ?

Dédale ne répondit pas.

– Crois-tu qu'il ait voulu mourir ? demanda-t-il.

Naucraté réprima un élan de colère.

– Tu me poses la question, toi qui étais avec lui ?

Je tiens de la bouche même de Pasiphaé, reprit-elle en se dominant, une nouvelle qui rendait Minos fou de rage, au point de menacer de mort quiconque la divulguerait : le corps d'Icare a dérivé jusqu'à un rivage non loin de Samos, où Héraclès* se trouvait. Le fils de Zeus a lui-même enterré là-bas sa dépouille, et nommé l'endroit « Icarie ».

Dédale ouvrit plusieurs fois la bouche. L'air lui manquait.

– Le plus insupportable, finit-il par articuler, est de ne pas savoir à quoi il a pensé dans ses derniers instants.

Naucraté tentait de contrôler elle aussi l'émotion qui l'envahissait.

– Héraclès aurait également retrouvé ses ailes et affirmé qu'elles brillaient, inexplicablement, de l'éclat de l'or.

Quelque chose céda en Dédale. Se souvenant des ailes blanches, il porta la main à l'emplacement de la plume dorée qu'il gardait en pendentif, à même la peau.

– Oui, balbutia-t-il, ne retenant plus ses sanglots. Les ailes de mon fils. Ses ailes d'or.

Aélios le vit gravir le sentier, un sac sur l'épaule, et descendit à sa rencontre.

– Le moment est venu, lui dit Dédale.

Le sac contenait des outils.

– Je veux réaliser mon chef-d'œuvre. Sculpter les

quatre panneaux des portes de ton temple, en l'honneur d'Icare. Tu comprends ?

Aélios pâlit d'émotion et remercia mentalement les dieux de ce cadeau somptueux.

– Je t'aiderai, si tu le veux. J'affûterai tes outils, je les nettoierai, je te fournirai ce dont tu auras besoin.

Dédale suspendit son pas pour mieux considérer le prêtre.

– Je n'ai besoin que de solitude.

Dédale travailla trois jours durant, dans un état fébrile, sans boire ni manger, dormant à peine. Rien ne comptait, rien n'existait que son œuvre, à laquelle il consacrait toutes ses forces mentales et physiques.

Bien qu'il ait exigé de demeurer seul, on se succédait devant les portes du temple et on le regardait travailler, émerveillé par la vie qu'il faisait jaillir du bois des panneaux, pour rendre compte de son histoire. Lui ne remarquait personne, tout entier absorbé par sa tâche.

Il sculpta le taureau de Poséidon, la vache creuse de Pasiphaé, puis le labyrinthe et le Minotaure, Ariane et Thésée, enfin son fils et lui-même errant dans une obscurité de tombeau et finissant par ouvrir une brèche sur la mer et le ciel.

Il avait ainsi réalisé trois des quatre panneaux projetés, forçant l'admiration d'Aélios et de tous ceux qui avaient la chance de contempler son œuvre. Le quatrième serait le plus beau, le plus exceptionnel, donnant à contempler le vol d'Icare.

Le soleil déclinait quand Dédale porta les premiers coups de ciseau, s'incarnant d'abord lui-même les bras emplumés, s'élançant dans le vide. Il lui ne lui restait qu'à représenter son fils, qui avait volé le premier.

Aélios sentit alors que quelque chose n'allait pas. Au moment de sculpter les ailes, les deux mains de l'artiste retombèrent, lâchant maillet et ciseau, et le jeune prêtre eut la sensation déchirante de voir chuter l'adolescent.

Dédale se tourna vers lui, hébété, hagard, comme sortant d'un long sommeil. Aélios demanda aux visiteurs de partir et étendit le sculpteur auprès de son œuvre inachevée. Il le recouvrit de son manteau pour le protéger de la fraîcheur du soir.

Au matin, Dédale avait disparu. Aélios et Naucraté le cherchèrent toute la journée. Ils finirent par retrouver ses vêtements en tas sur un promontoire qui dominait des flots tumultueux. Maintenu par un caillou, le collier à la plume d'or était posé sur les habits – à l'intention de Naucraté, devina Aélios. Ils comprirent tous deux qu'ils ne reverraient jamais Dédale.

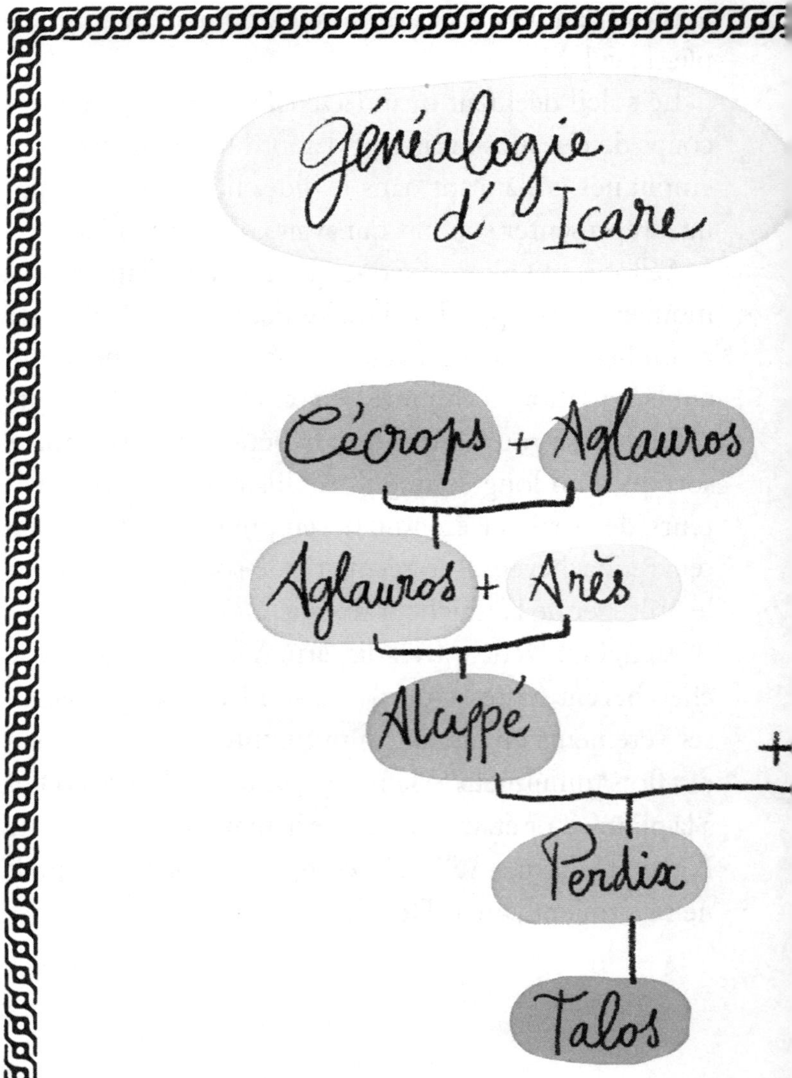
Généalogie d'Icare
Cécrops + Aglauros
Aglauros + Arès
Alcippé
+
Perdix
Talos

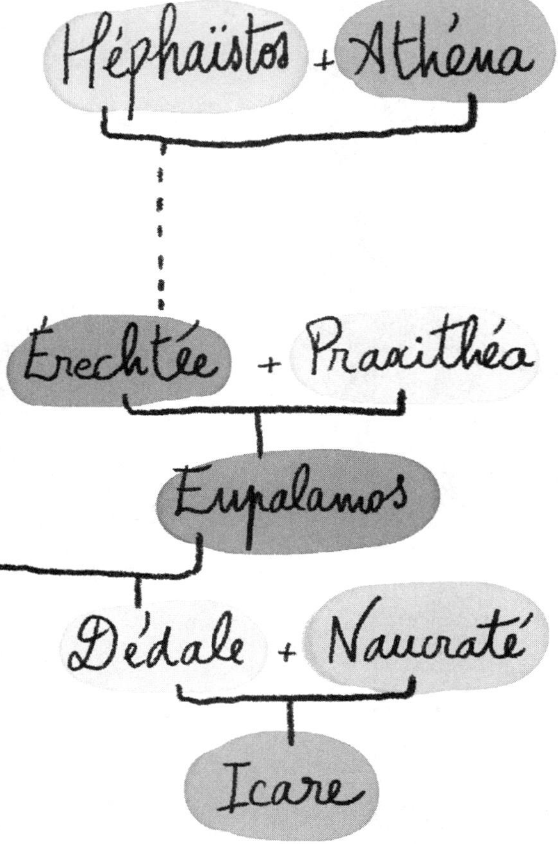
Héphaïstos
+
Athéna
Érechtée
+
Praxithéa
Eupalamos
Dédale
+
Naucraté
Icare

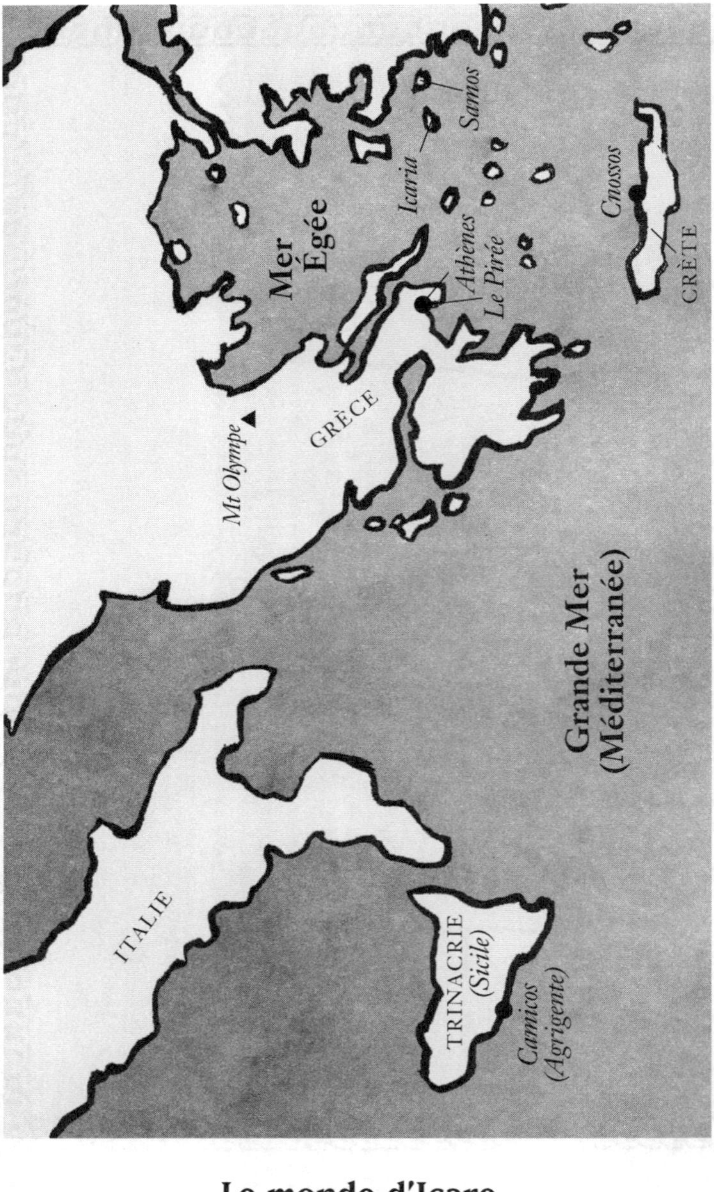

- Le monde d'Icare -

POUR MIEUX CONNAÎTRE ICARE

L'ORIGINE D'ICARE

Le personnage d'Icare apparaît dès l'Antiquité grecque dans l'un des épisodes jalonnant la légende de Dédale, son père. L'étymologie de son nom est plus qu'incertaine.

En revanche, celle de Dédale confirme ce que nous savons du personnage. *Daidalos* est en grec un adjectif très ancien (attesté en mycénien* au XIIIe s. av. J.-C.) qui signifie le plus souvent « travaillé avec art », ce qui convient particulièrement bien aux ouvrages de Dédale, inventeur, sculpteur et architecte, concepteur du Labyrinthe.

Par ailleurs, il reste assez peu de traces d'Icare dans l'art grec antique, et c'est un poète latin, Ovide, qui en a fait un personnage à part entière.

Poètes et dramaturges grecs (VIIIe – IVe s. av. J.-C.)

Dans les plus anciennes épopées* archaïques connues (***Iliade*** et ***Odyssée*** d'Homère, VIIIe s. av. J.-C.), le père et le fils ne sont cités qu'une seule fois chacun. Et encore, pour ce dernier, s'agit-il seulement de « la mer d'Icare ». Cette appellation prouve simplement que les deux personnages, et donc leur légende, étaient bien connus du public.

Cette familiarité se confirme par la suite. Quelques œuvres classiques (Ve s. av. J.-C.) portaient sur la légende de Dédale : deux tragédies* de Sophocle (495-406 av. J.-C.), deux autres d'Euripide (vers 480-406 av. J.-C.), ainsi que deux comédies d'Aristophane (vers 450-386 av. J.-C.). Mais ces pièces sont perdues, et nous n'en connaissons que les titres.

À plusieurs reprises enfin (dans *Ménon*, *Ion*, etc.), le philosophe Platon (427-348 av. J.-C.) évoque les statues de Dédale, douées de mouvement, et la généalogie de l'artisan, qui le ferait descendre d'Héphaïstos*.

Mythographes et savants grecs (Ier s. av.-IIe s. ap. J.-C.)

Les érudits de la période romaine, qui ont rassemblé les mythes et tenté de les ordonner, nous rapportent différentes versions de la légende de Dédale et Icare. Nous trouvons des récits à peu près complets dans la ***Bibliothèque historique*** (I et IV) de Diodore de Sicile, chez le Pseudo-Apollodore (***Bibliothèque***, III, 15 et ***Épitomé***, I) ainsi que chez Pausanias (***Description de la Grèce***, IX, II).

Toutefois, les récits ainsi composés sont faits pour informer plus que pour toucher le lecteur, et ils sont généralement assez secs.

Poésie romaine classique

Les poètes romains qui s'emparent de la légende s'appliquent en revanche à rendre émouvante la relation entre le père et le fils.

Dans l'***Énéide***, VI, Virgile (70-19 av. J.-C.) décrit les portes du temple d'Apollon (qu'il situe à Cumes, en Italie) sculptées par Dédale – et où le père n'a pu figurer la chute de son fils.

C'est surtout Ovide (43 av. J.-C.-17 ap. J.-C.) qui reprend l'ensemble de la légende et la développe dans ***Les Métamorphoses***, VIII et dans ***L'Art d'aimer***, II.

C'est lui qui confère à Icare une personnalité, et c'est par ses œuvres que sera transmise au Moyen Âge la légende de Dédale et Icare.

Arts plastiques antiques

Dès l'âge archaïque (VIIe s. av. J.-C.), on trouve Dédale représenté ailé, et portant des outils (bulle d'or étrusque du Ve s. av. J.-C.) ou en compagnie de Pasiphaé (bas-relief du palais Spada, à Rome). Moins nombreuses sont les images d'Icare, et généralement plus tardives (périodes classique et hellénistique, V^e-IIe s. av. J.-C.). Le plus souvent, les artistes le montrent en compagnie de son père, qui fabrique ses ailes ou les lui attache (peinture d'une amphore à figures rouges, Musée National de Naples, ou bas-relief de la Villa Albani, Rome).

À l'époque romaine, plusieurs peintures de Pompéi (IIe s. av. J.-C.-Ier s. ap. J.-C., généralement en très mauvais état) figurent la chute d'Icare, témoignant peut-être de l'influence d'Ovide.

Alors qu'au long de l'Antiquité grecque, Icare n'existe que dans le sillage de son père, à partir de l'ère chrétienne, il acquiert une personnalité autonome. Nous allons voir comment, au cours des siècles suivants, évolue ce personnage.

LES VOYAGES D'ICARE À TRAVERS LES ARTS

Littérature

Le Moyen Âge chrétien délaisse généralement les légendes païennes*, et n'en retient que les figures qu'on peut élever à la hauteur de symboles religieux. Il en est ainsi de celle d'Icare et Dédale : subsistent les métaphores du labyrinthe (représentant notre vie terrestre) et de l'envol (celui de l'âme vers l'au-delà), qu'on trouve en poésie. Mais il existe très peu d'œuvres développant leur histoire. Citons toutefois ***Ovide moralisé*** (anonyme, XIVe s.), l'une des nombreuses adaptations médiévales des *Métamorphoses*.

Par la suite, à partir de la Renaissance (XVIe s. et suivants), les deux personnages se retrouvent chez les poètes. Icare surtout connaît un nouvel essor, interprété de façon positive, ce qui n'était pas le cas aux siècles précédents. Ainsi dans le sonnet « Icare est chu ici, le jeune audacieux » de Philippe Desportes (***Les Amours d'Hippolyte***, 1573).

Il faut attendre la fin du XVIIIe et surtout le XXe siècle pour trouver des œuvres littéraires notables dont le sujet soit Dédale ou Icare. Mais les écrivains (avant le XXe s.) ne s'emparent guère de la légende pour l'adapter à leur propre univers. Ils choisissent plutôt d'utiliser les noms de Dédale et d'Icare pour attribuer à leurs personnages, à leurs œuvres, des caractères ou des valeurs véhiculés par ces deux modèles.

— ***La Découverte australe par un homme volant, ou le Dédale français*** (1781), de Nicolas Restif de la Bretonne,

— ***Voyage en Icarie*** (1840), roman d'Étienne Cabet, qui expose une utopie* communiste (suivie en 1848 de la fondation, aux États-Unis, d'une communauté nommée « Icarie »),

— ***Dedalus,*** ou ***Portrait de l'artiste en jeune homme*** (1916), roman largement autobiographique de l'Irlandais James Joyce, dont le héros, Stephen Dedalus, représente l'auteur,

— ***Icare*** (1927), tragédie de l'Italien Adolfo Lauro de Bosis,

— ***Dédale en Crète*** (1942-1943), tragédie du Grec Angelos Sikelianos,

— ***Le Vol d'Icare*** (1968), roman de Raymond Queneau,

— ***Icare à Paris ou les Entrailles de l'ingénieur*** (1992), roman de Michel Butor.

Arts plastiques

Comme en littérature, les artistes du Moyen Âge (jusqu'au XIIIe s.) n'ont pas produit d'œuvres sur Dédale ou Icare. Notons simplement les *Maisons Dédalus* ou les *labyrinthes* reproduits dans plusieurs cathédrales (Lucques, Chartres), et dont la signification n'est pas claire.

Mais, dès la Renaissance et ensuite, nos personnages redeviennent des sources d'inspiration. Citons, parmi de nombreuses œuvres peintes ou gravées qui ont Icare pour sujet :

— ***Paysage avec la chute d'Icare*** (1558 ?), de Pieter Bruegel l'Ancien,

— ***Chute d'Icare*** (1636), esquisse de Peter Paul Rubens,

— ***Icare*** (1947), gouache découpée d'Henri Matisse,

— ***La chute d'Icare*** (1957), de Pablo Picasso,

— ***La chute d'Icare*** (1974-1977) de Marc Chagall.

Et quelques sculptures :

— ***La chute d'Icare*** (entre 1739 et 1743), marbre de Paul-Ambroise Slodtz,

— ***Dédale et Icare*** (1778) d'Antonio Canova,

— ***L'Illusion, sœur d'Icare*** (1894-1896), d'Auguste Rodin.

Si toutes les phases de la légende ont été représentées, les épisodes principaux sont toutefois le moment où Dédale attache les ailes d'Icare et, bien entendu, la chute d'Icare.

Cinéma

I comme Icare (1979), film d'Henri Verneuil, avec l'acteur Yves Montand.

ICARE, DE LA CHUTE À L'ASSAUT DU CIEL

Avant même d'évoquer le parcours d'Icare, remarquons que le personnage de son père, ou plutôt son œuvre maîtresse, ont été suffisamment puissants pour pénétrer la langue française. Un « dédale », comme un « labyrinthe », est toujours un circuit compliqué de voies (ou autres éléments) dans lequel on risque de se perdre... Le personnage littéraire, lui, s'interprète de façon bien plus ouverte. C'est par lui que nous entreprenons d'atteindre Icare.

Icare, fils de Dédale

Dédale est pour les Grecs l'artisan inventeur, l'équivalent humain d'Héphaïstos, le dieu des techniques, ou de Prométhée*. Son immense intelligence s'accompagne de ruse, avec une face très négative. En effet, à Athènes, il provoque la mort de son neveu Talos (nommé dans certaines versions Perdix, la « perdrix », alors que, dans celles où le neveu se nomme Talos, Perdix est le nom de sa mère), puis en Crète devient le complice de deux trahisons féminines, fournissant la vache creuse à Pasiphaé et le fil à Ariane.

Talos, l'élève de Dédale, est si doué (il invente scie et compas) qu'il suscite la jalousie de son maître. À l'opposé, Icare ne montre aucune qualité particulière. Fils d'une simple esclave, il n'apprend rien de son père, et ne suit pas ses instructions de vol – pourtant claires ! C'est un enfant quelconque, imprudent et désobéissant.

La chute même du jeune homme est parfois interprétée comme une punition non d'Icare, mais de Dédale. C'est Dédale qui provoque les dieux par son meurtre et ses trahisons. Enfin, il imagine d'échapper du Labyrinthe par la voie des airs, outrepassant les limites assignées aux hommes par les dieux. La présence réjouie, près du corps d'Icare, de la perdrix (forme prise par Perdix avant de mourir, chez Ovide entre autres) confirme cette interprétation de la responsabilité de Dédale.

D'ailleurs, Dédale ailé figure seul sur plusieurs œuvres antiques (bulle d'or étrusque).

Bref, dans les premiers temps de son existence, Icare n'a guère de vie propre, il semble être un appendice de Dédale, un instrument des dieux.

La relation père-fils

L'amour qui lie Dédale et Icare est développé par les Romains. Non que les Grecs gomment tout sentiment ; un vase nous montre le père penché vers son fils pour attacher ses ailes, plein d'attention, et peut-être d'inquiétude. Mais c'est plus clair encore chez les poètes romains. Virgile évoque avec pudeur la « douleur » de Dédale. Ce même Dédale, chez Ovide, prend le temps d'enterrer son fils, ce qui n'est pas évoqué dans les récits grecs. Ovide encore dépeint Icare jouant à côté de son père, avec l'inconscience et l'innocence de l'enfance, ce qui le rend attendrissant. Quant au dernier mot du jeune homme avant de mourir, précise le poète, il est pour son père.

Cette proximité du père et du fils se remarque ensuite sur la plupart des œuvres montrant les deux personnages avant, ou pendant le vol. On y voit la sollicitude de Dédale pour son fils, lors des préparatifs (A. Canova), ou sa détresse lorsqu'il se rend compte de sa chute. Mais la réciproque n'est pas toujours vraie : le regard du jeune homme est dirigé ailleurs, souvent vers ses ailes ou vers le ciel, comme s'il était impatient de prendre son envol...

Icare, la désobéissance et l'orgueil condamnés

Dès l'Antiquité romaine, Icare est représenté comme le symbole de la désobéissance et de l'absence de mesure de la jeunesse. Il rejoint dans ce rôle Phaéton, le fils du Soleil, qui avait obtenu de son père de conduire son char, et qui fut puni, lui, pour s'être trop approché de la Terre. On trouve parfois la chute conjointe des deux jeunes gens, l'un perdant ses ailes, l'autre renversé de son char déséquilibré (fresque de Pompéi).

Au Moyen Âge, Icare est intégré dans la symbolique chrétienne, où l'envol est celui de l'âme vers l'au-delà. Dédale est celui qui montre la Voie, alors qu'Icare, qui vole trop haut, est celui dont l'orgueil provoque la chute, c'est-à-dire la damnation* (*Ovide moralisé*). Par une étrange confusion, le fils se trouve endosser l'orgueil, la démesure du père : c'est en effet la science de Dédale qui permet la transgression, à une époque où le désir de connaissance est vite considéré comme un péché, une faute religieuse.

Peut-être faut-il comprendre de cette façon les quelques tableaux modernes (XVIe-XVIIe s.) où la chute d'Icare n'est qu'un détail, parfois à peine visible (on pense en particulier à celui de Bruegel) ? Ce que montrent clairement ces œuvres, c'est l'opposition entre l'humanité « moyenne », qui a bien « les pieds sur terre », comme le laboureur au premier plan, et les hommes volants, ces fous, dont la mort même n'a aucun impact sur le cours des choses...

La réhabilitation d'Icare : l'élan et l'audace glorifiés

À cet idéal de mesure voire de médiocrité, la Renaissance, période des explorations et des grandes découvertes, vient opposer l'esprit d'aventure, la soif de liberté, l'envie de se surpasser. Pour P. Desportes par exemple, Icare est « le jeune audacieux », un « esprit glorieux », qui « mourut poursuivant une haute aventure ». Ainsi s'affirme l'image d'une jeunesse intrépide, qui ne se laisse pas rebuter par le danger, qui refuse de se laisser imposer des limites, même par la nature.

Si Dédale et Icare, le père et le fils, se rejoignent alors dans les airs, cherchant tous deux à se libérer de la pesanteur de leurs chaînes terrestres, ils suivent pourtant des chemins différents. Dédale, inventeur et technicien, homme de la matière, devient le patron des hommes volants (Restif de la Bretonne) et plus tard de l'aéronautique. Icare, lui, est la figure de l'idéaliste, celui qui sacrifie tout à la recherche du Bien, dût-il en mourir. Le Bien, pour É. Cabet, c'est la fondation d'un pays dont l'organisation économique et sociale gommera définitivement toutes les injustices et les inégalités. C'est à cette tâche que s'attelle son héros, « Icar ». Le procureur Volney (le héros du film *I comme Icare*), recherche, lui, la vérité dans une affaire d'assassinat politique. Au terme d'une enquête sans compromis, alors qu'il est tout près d'atteindre cette vérité, il s'y « brûle les ailes » : il est assassiné à son tour. Certaines vérités sont aussi dangereuses à approcher que le soleil !

Si l'idéaliste est prêt à tout sacrifier au Bien, l'artiste, lui, se consacre à la recherche et à l'affirmation du Beau.

Là encore, nous retrouvons pour représenter cet artiste les personnages de Dédale et d'Icare, toujours proches et pourtant distincts. Dédale est le poète tout-puissant, le créateur d'univers dont rêve un Victor Hugo ; ou bien l'artisan d'une œuvre soigneusement élaborée pour échapper à la prison-labyrinthe où l'enfermait son éducation (J. Joyce). Les romantiques, en revanche, étaient plutôt fascinés par un Icare épris d'absolu et défiant la mort, comme le sera plus près de nous le poète anti-fasciste Lauro de Bosis.

Les deux personnages mythologiques, Dédale et Icare, ont ceci de commun qu'ils se sont élevés au-dessus de l'humaine condition, chacun à sa façon. À travers les différentes interprétations de ces figures, tissées par les artistes au long des siècles, nous voyons combien cette exaltation et cette liberté ont effrayé et fasciné l'humanité. Rien d'étonnant à ce qu'elles inspirent encore bon nombre d'artistes, aujourd'hui et sans doute demain ! •

Lexique

Ablutions : purification par l'eau ; consiste à se laver tout ou partie du corps – le plus souvent les mains.

Apollon : fils de Zeus et de Lèto, dieu à l'arc souvent associé à Phœbos, le Soleil. Dieu de la musique et des arts (il joue de la lyre et mène le chœur des Muses), dieu de la divination (on vient le consulter dans de nombreux sanctuaires, dont le principal est à Delphes), il se sert de son arc pour envoyer la mort (souvent sous forme d'épidémie). En même temps, c'est un dieu guérisseur.

Athéna : fille de Zeus, sortie tout armée de sa tête, elle est sa préférée. Déesse de la guerre, elle est aussi déesse de la Raison et des Techniques. C'est la déesse souveraine d'Athènes. Elle a obtenu cette souveraineté en offrant à la cité l'olivier (contre Poséidon, qui aurait fait jaillir un lac d'eau salée).

Damnation : dans la religion chrétienne, condamnation divine, suivie d'un châtiment éternel. Celui-ci est symbolisé par les supplices de l'enfer.

Égée : roi d'Athènes, père de Thésée. Lorsque Thésée décida d'affronter le Minotaure, il promit à son père, s'il était vainqueur, de changer les voiles noires de son navire contre des blanches à son retour. Il oublia sa promesse, et Égée, de douleur (il croyait son fils mort), se suicida en se jetant dans la mer – qui prit son nom.

Épopée : très long poème qui retrace les aventures de héros aux qualités surhumaines (les Superman de l'époque), confrontés à des adversaires et à des dangers tout aussi inouïs. Ces poèmes, avant d'être fixés par l'écriture, étaient récités lors des cérémonies et des fêtes.

Hélios : fils du Titan Hypérion, il mène le char du soleil, observe et révèle ce qui se passe sur Terre. Il a été progressivement assimilé à Apollon, dieu de la lumière.

Héphaïstos : fils de Zeus et d'Héra. C'est le dieu du feu et de la forge, dieu des techniques et des arts. Il est capable de donner vie aux objets.

Héraclès : le plus grand héros grec, fils de Zeus et d'une mortelle, Alcmène. Il est célèbre pour ses « travaux », qui l'ont conduit du Péloponnèse, où il est né, jusqu'aux confins du monde connu, et même jusqu'aux Enfers (où il délivra son cousin Thésée). Les dieux le reçoivent après sa mort sur l'Olympe, eu égard à ses exploits, ses vertus et aux souffrances endurées.

Jeux : rituel religieux à l'origine, les jeux grecs se déroulent en l'honneur d'un mort, d'un hôte ou d'un dieu (Zeus à Olympie,

Apollon à Delphes…), et s'accompagnent de sacrifices et de banquets. D'abord uniquement gymniques, ils peuvent par la suite comporter des épreuves de chant ou de poésie. Les prix, à l'époque homérique, sont de grande valeur (armes ou objets précieux) ; plus tard, à l'époque classique, les prix sont surtout honorifiques : couronnes de laurier ou d'olivier.

Minos : roi légendaire de Crète, fils de Zeus et d'Europe. À noter : Zeus séduisit Europe sous la forme d'un taureau. Cela rappelle étonnamment l'histoire de Pasiphaé !
Après sa mort, il fut appelé par Zeus à être l'un des trois juges des Enfers (séjour de tous les morts, sans idée de récompense ou de punition).

Mycénien : forme archaïque du grec ancien (remontant au XIVe s. av. J.-C.), langue de la civilisation mycénienne, organisée autour de palais royaux et utilisant une écriture propre, le linéaire B. Cette civilisation s'étendit en Crète et dans le Péloponnèse, à Mycènes entre autres (XVe-XIIe s. av. J.-C.).

Olympe : le plus haut mont de Grèce (2917 m), au sommet souvent caché par les nuages. C'est là que résident les dieux de la dernière génération, ou « Olympiens », dont le roi – Zeus – a imposé à l'univers son ordre actuel. Les Olympiens sont presque tous parents de Zeus : frères (Poséidon), sœurs (Héra son épouse) ou enfants (Athéna, Apollon).

Païen : adepte d'une religion polythéiste antique (par opposition au chrétien).

Poséidon : fils de Cronos et de Rhéa, frère de Zeus, il est le terrible dieu des mers, armé du trident avec lequel il déchaîne les tempêtes. La plupart de ses enfants sont des monstres, comme le Cyclope Polyphème. Ses animaux consacrés sont le taureau et le cheval.

Prométhée (le « Prévoyant ») : Titan, ou plutôt fils du Titan Japet, il est cousin de Zeus. Il a toujours été l'allié des hommes, leur offrant en particulier le feu, dérobé sur l'Olympe. Il fut pour cela condamné par Zeus à être enchaîné et à avoir le foie dévoré jour après jour par un aigle – jusqu'à ce qu'Héraclès le délivre. Son nom est lié au progrès technique, comme celui du dieu Héphaïstos ou de l'humain Dédale.

Sacrifier : offrir à un dieu un ou des animaux qu'on égorge en son honneur (beaucoup plus rarement un être humain : ce dernier cas était considéré comme un signe de barbarie à l'âge classique). L'animal sacrifié était ensuite dépecé et découpé, puis partagé entre les dieux (os et graisse que l'on faisait brûler) et les hommes (viande que l'on mangeait ensuite bouillie ou grillée lors du banquet rituel). Seule exception : l'holocauste, où l'animal était entièrement brûlé en l'honneur du dieu.

Temple : demeure du dieu, souvent fermée au public. Le dieu y réside sous forme de statue.

Thésée : fils d'Égée et roi d'Athènes, cousin d'Héraclès, ce héros accomplit de nombreux exploits, dont le plus célèbre est d'avoir vaincu le Minotaure.

Tragédie : forme théâtrale née à Athènes au VIe siècle avant J.-C. et qui s'épanouit au Ve. Elle était représentée lors de grandes fêtes religieuses. Chaque pièce mettait en scène un épisode de la vie d'un héros, menacé par des forces supérieures, dieux ou destin. Pendant toute la pièce, ce personnage cherche à échapper à cette menace, en vain. Rien n'apaise les dieux : le héros est rattrapé et écrasé par son destin.

Utopie : *Utopia* est le titre d'une œuvre de Thomas More (1516), dans laquelle l'auteur décrit une société idéale. Devenu nom commun, le mot désigne tout système social ou politique imaginaire, où chacun serait heureux – ou bien une œuvre décrivant un tel système. Plus près de nous, l'utopie désigne souvent un projet irréaliste et voué à l'échec.

Zeus : roi des dieux, dieu du ciel et de la foudre. Il est le garant des lois et des serments, et protège suppliants, étrangers et mendiants. Dieu volage, il ne peut résister au charme féminin, chez les mortelles comme chez les déesses. Il est le père de très nombreux dieux olympiens.

NOTE DE L'AUTEUR

Le titre du chapitre 6, Nuée d'oiseaux blancs, *est emprunté à celui du roman de Yasunari Kawabata (traduit du japonais par Armel Guerne et Bunkichi Fujimori, éditions Sillage, 2009).*

Le chant d'Icare aux chapitres VIII et IX est très librement inspiré du poème Drömmarna *(Les rêves) du poète de langue suédoise Jonatan Reuter, mis en musique par Sibelius et chanté par de nombreuses chorales, dont* Cantate *de La Chapelle Saint-Mesmin, dirigée par Frédéric Labadie, où je l'ai découvert. Merci à Hanna et Guillaume de m'en avoir précisé la traduction usuelle.*

L'AUTEUR,
GUY JIMENES

Né à Oran en 1954, il a vécu en Algérie jusqu'en juillet 1963. Il réside en région Centre où il a exercé à mi-temps le métier de bibliothécaire, de 1977 à 2001. Son statut est, depuis, celui d'auteur indépendant. Ses livres ont été et sont publiés par divers éditeurs : Nathan, Bayard, Syros, L'École des loisirs, Rageot, Pocket, Oskar éditions...

Il a obtenu en 1992 le Prix du Roman pour la jeunesse du ministère de la Jeunesse et des Sports, jury des adultes, sur manuscrit pour *La Protestation* et le vote des adultes au Prix des Incorruptibles 2009 pour *L'Enfant de Guernica*.

Il a aussi écrit ou co-écrit des pièces de théâtre, des adaptations de romans et de contes, des récits documentaires pour la presse et quelques «nouvelles noires».

Du même auteur :

AUX ÉDITIONS NATHAN :

Orphée l'enchanteur, collection Histoires noires de la mythologie, 2004.

Romulus et Rémus, les fils de Mars, collection Histoires noires de la mythologie, 2012.

Perséphone, prisonnière des Enfers, collection Histoires noires de la mythologie, 2013.

Complot à Florence : Dans l'observatoire de Galilée, collection Un regard sur…, 2014.

CHEZ OSKAR ÉDITIONS :

Harcèlement, 2011.

L'Enfant de Guernica, 2013 (nouvelle édition).

Villa du crime, 2014.

Table des matières

PROLOGUE.......5

1. LE TAUREAU D'ÉCUME....... 11

2. LA MALÉDICTION....... 19

3. LE LABYRINTHE....... 28

4. LE PRINCE D'ATHÈNES....... 39

5. ENFERMÉS....... 49

6. NUÉE D'OISEAUX BLANCS....... 59

7. PRÉPARATIFS....... 69

8. VEILLÉE D'ARMES....... 77

9. LE VOL....... 84

ÉPILOGUE....... 89

GÉNÉALOGIE D'ICARE....... 100

CARTE....... 102

POUR MIEUX CONNAÎTRE ICARE....... 103

LEXIQUE....... 115

L'AUTEUR....... 122

Dans la même collection

Œdipe le maudit / Marie-Thérèse Davidson
Un Piège pour Iphigénie / Évelyne Brisou-Pellen
Les Cauchemars de Cassandre / Béatrice Nicodème
Les Combats d'Achille / Mano Gentil
Ariane contre le Minotaure / Marie-Odile Hartmann
Le Secret de Phèdre / Valérie Sigward
Orphée l'enchanteur / Guy Jimenes
Rebelle Antigone / Marie-Thérèse Davidson
Hector, le bouclier de Troie / Hector Hugo
Les Brûlures de Didon / Gilles Massardier
Médée la magicienne / Valérie Sigward
Le Bûcher d'Héraclès / Hector Hugo
La Quête d'Isis / Bertrand Solet
Prométhée le révolté / Janine Teisson
Les Larmes de Psyché / Léo Lamarche
Persée et le regard de pierre / Hélène Montardre
Thésée revenu des Enfers / Hector Hugo
Zeus à la conquête de l'Olympe / Hélène Montardre
L'Amère Vengeance de Clytemnestre / Michèle Drévillon
Ulysse, l'aventurier des mers / Hélène Montardre
Romulus et Rémus, fils de Mars / Guy Jimenes
Perséphone, prisonnière des Enfers / Guy Jimenes
Jason et le défi de la Toison d'or / Nadia Porcar
Icare aux ailes d'or / Guy Jimenes
Méduse, le mauvais œil / Anne Vantal
Io, pour l'amour de Zeus / Clémentine Beauvais

MIXTE
Papier issu de
sources responsables
FSC® C022030

N° d'éditeur : 10251856 – Dépôt légal : août 2014
Achevé d'imprimer en janvier 2019
par La Tipografica Varese Srl (21100 Varese, Italie)